KB082627

죽지 않고 살아내 줘서 고마워

———

죽지 않고 살아내줘서 고마워

민슬비
에세이

책들의정원

엄마를 비추는 거울인 너를 사랑한단다

엄마도 사방이 막혀 있고 삶의 희망이 보이지 않았을 때 죽어야겠다고 생각이 들었단다. 그런데 갓난아이가 내 곁에서 울고 있는 현실이 보였고, 어떻게 하든, 이 아이를 잘 키워내야 한다는, 어미로서 책임감, 의무감이 죽어야겠다는 결심을 내려놓게 했어. 죽어야겠다는 결심은 정말 열심히 최선을 다해 이 아이를 키워내야겠다는 결심으로 바뀌어 지금껏 애를 쓰며 살아왔단다.

네가 대학을 졸업하는 나이, 즉 정신적·경제적으로 독립하는 그 시간까지만 버텨보자고. 그렇게 엄마는 늘 마음속으로 외치고 다짐하며 눈물로 버텨왔단다. 생각보다 그 시간은 참 가혹하고 고통스럽고 때론 너무 비참했던 것 같아.

네가 어릴 적, 어느 날 어린이집 선생님께 전화 한 통을 받았어. "아이가 이상해요. 온종일 창밖만 쳐다보고 아무 활동을 하지 않아요." 하늘이 무너지는 심정이었어. 바로 대학의 심리 상담센터에서 검사를 받아보았어. 그 결과가 엄마에게는 너무나 충격적이었단다. 너는 상위 1%의 좋은 아이큐를 가진 아이지만, 지금 현재는 심리적 불안함 때문에 아이큐가 100도 되지 않는다더구나. 심지어 간단한 퍼즐 조각조차 맞추지 못하고 여러 가지 기능이 저하되어 있는 상태라 수년간 지속적인 치료가 필요하다는 말을 들었어. 혼자서 아이를 키우고 있었으니, 그 비용을 감당할 수 없어 치료는 시작도 못 했지.

그 이후, 늘 마음속으로 걱정했어. 네가 치료를 못 받아서 문제가 생기면 어쩌나… 그런 불안 속에 네가 초등학교에 입학하게 되었지. 그때부터 고등학교 3학년 졸업할 때까지 해마다 새로운 담임선생님께 "우리 아이가 힘든 일을 겪으면서 마음이 많이 아팠어요. 치료를 받아야 하는데, 받지 못했어요. 특별히 관심 있게 관찰해주시는 와중에 혹여 문제점이 발견되면 바로 연락을 주세요"라며 전화를 드렸지. 그리고는 한 학년이 끝날 때마다 다시 연락을 드렸어. 1년 동안 아이를 살펴보시면서 문제가 되는 점이 있었냐고 여쭸어.

그걸 12년 너의 학창시절 내내 반복했지만, 한결같이 선생님들께서는 그러시더구나. 네 학교생활에 전혀 문제가 없으며, 오히려 학교생활을 너무 잘하고 있다고. 어머니께서 염려하지 않으셔도 된다고 말이야. 고등학교 3학년 담임선생님과 마지막 통화를 하면서 '아! 이제는 되었다. 이제 내가 그토록 염려하던 일은 없을 거야. 이제 내가 가졌던 그 무거운 책임감도 내려놓아도 되겠다'라고 안도했어. 그토록 긴 시간 동안 했던 걱정들을 내려놓았지. 이젠 너무 무겁고 힘들고 버거웠던 책임감에서 벗어날 거야 하면서….

그런데 그 무겁게 느끼던 책임감과 의무감은 엄마를 살게 하는 목숨줄 같은 거였다는 것을 나중에, 나중에 알게 되었어. 또 언젠가부터 책임감과 의무감이 변해서 네게 의지하며 위로받고 있는 내 모습을 보게 되었어. 힘들게 버텨온 시간을, 네게 보상이라도 받으려는 듯, 한없이 기대고 의지하고 있는 내 모습을 보았어. 대학에 입학하고 곧 당당한 사회인으로 자립하는 네 모습을 기대하던 그때…, 너의 자살시도, 공황장애, 우울증….

'하나님, 저한테 왜 그러세요?'

세상의 보통 부모들은 다 똑같은 마음일 거야. 차라리 내가 아프길 바라는, 자식의 고통을 보기 어려운…. 정신을 차리고, 마음을 가다듬고 생각해보았어. 어릴 때 심리치료를 못 해준 거, 남들과 같은 가정을 주려고 더욱더 큰 상처를 준 거 등등. 딸에게 일부러 그랬겠냐만 계속 상처와 고통을 네게 더했다는 자책이 들어 많이 힘들었어.

네가 자살시도를 하고 얼마 되지 않았던 어느 날, 집에 널 혼자 두고 교회에 갔는데…. 예배 중에 네 친구의 전화가 왔어. 평소 같으면 끝나고 연락을 받았겠지만, 그날은 불안한 마음에 전화를 받았지. 네 친구가 네가 전화도 받지 않고 문자메시지도 되지 않는다며 우는데…. 그 길로 운전을 하면서 "하나님! 아이만 살려주시면 뭐든지 할게요. 제발! 살려주세요." 괴성을 지르고, 통곡했어.

집에 와서 네가 잠들어 있는 모습을 보며 '하나님, 감사합니다. 감사합니다.' 했단다. 그날 이후 너무 속상한 일을 겪으면, '아! 내 딸이 살아 있구나. 감사하다!' 생각했어. 어려운 일이 있을 때마다, 네가 살아 있음에 감사하며 위로받고 있어.

내 소중한 딸에게 남들처럼 좋은 환경을 주지 못해 늘 미안하고, 힘든 마음의 병을 이겨내려 애쓰는 모습에 엄마로서 박수를 보낸다. 한 글자, 한 글자, 쓰면서 위로보다는 고통과 힘듦이 더 할 것 같은데, 그 아픔을 책으로 만들어내는 모습이 대견하고 미안하고 여러 가지 감정이 드는구나.

딸아! 네 존재만으로 감사하고, 네 존재만으로 엄마에게 기쁨이 된단다. 너는 네가 어떤 모습을 하고 있든지 소중하고 귀한 존재란다. 엄마가 죽음을 생각할 때, 너로 인해 삶의 희망을 품을 수 있었기에, 너는 엄마의 생명줄 같은 딸이지.

딸! 삶의 희망을 버리지 말자꾸나. 신께서 우리에게 왜 그러시는지 잘은 모르겠지만 분명 우리 모녀가 이 세상을 당당하게 살아내야 하는 존재 이유가 있을 거야! 우리의 위로가 필요한 누군가가 우리를 애타게 기다리고 있을지도 모르잖니. 그 누군가는 이 책을 통해 삶의 위로와 작은 희망을 품게 될지도 모르잖아.

내 딸이 힘든 싸움에서 이겨내든 아니든 그 자체로 사랑하고 응원하며 지지하는 것이 엄마거든. 너무 힘들어 빨리 갈 수 없으면 조금 천천히 가자꾸나. 너무 아파서 고통스러우면 아프다고, 많이 아프다고. 이야기라도 편히 하려무나…. 엄마는 늘 네 편이니까.

딸! 사랑해!

- 엄마

추천의 말. 둘

모두가 위로받고 힘을 얻는 선순환의 행복회로

　책을 읽어보신 분들은 아시겠지만, 지난 어려움을 잘 헤쳐 나와 자신의 아픈 기억을 담담히 풀어놓은 제자의 현재 모습에 박수부터 보내고 싶다. 추천의 말을 부탁받은 나는 이 책에서 (홍 교수로) 등장하는 인물이기도 하다. 그리고 작년 3월 강의에 서 처음 저자를 보았던 기억이 지금도 생생하다.

　강의실 맨 앞줄, 나와 가장 가까운 자리에 앉아 눈빛을 반짝 이며 강의에 몰두하는 모습, 내 우스갯소리에 손바닥을 마주 치며 박장대소하는 모습 등등 강의에 집중하는 여느 아이들과 다를 바 없다고 생각했다. 그런데 시간이 지날수록 그런 반응들이 점점 커지고 조금은 부자연스러워서 나도 모르게 '뭐지?' 하는 생각이 들었다.

그리고 3월이 다 되어가던 날, 그날따라 화장기 없이 창백한 얼굴로 잘 웃지 않던 제자의 모습에 강의가 끝나고 아는 척을 하자마자 "상담하고 싶어요"라며 기다렸다는 듯이 터져 나오는 소리!! 그런데 정작 제자를 만난 건 약속 날짜보다 이틀이나 앞서 만나고 싶다는 전화를 받은 직후였다.

한 시간여의 짧은 시간 동안 다섯 살 때 이야기부터 봇물 터지듯 나오는 이야기는 참으로 드라마 그 자체였다. 길지 않은 스물한 살의 아이가 벌써 소설 한 권 같은 인생을 살다니…. '얼마나 아팠을까!' 하는 생각이 절로 들었다. 그리고 자살 시도까지…. 그 마음을 이해할 수 있었다.

요즘 들어 강의실에서 만나는 학생들을 보며 소위 '집단 우울증'에 걸린 아이들을 보는 듯하다. 치열한 경쟁 속에서 공부하고 입시를 지나 여기까지 왔으나, 곧 불투명한 진로와 캄캄

한 미래에 다시 좌절을 겪어야 하고 어떻게든 헤치고 나아가야 하는 아이들….

이 책이 우울한 청춘들에게 위로의 한마디가 되었으면 좋겠다. '어쩌면 나는 덜 불행한 거구나', '어쩌면 나는 더 여유 있는 거구나' 하면서 말이다. 물론 개인마다 불행의 크기와 그 무게가 다 다르게 다가오기 때문에 이런 비교가 무의미할 수도, 혹은 이런 비교 자체가 도덕적이지 못하다고 느껴질 수도 있겠지만, 사람은 누구나 불행한 시기가 있다는 것, 그럼에도 살아나가야 한다는 것, 인생이 늘 분홍빛은 아니라는 것, 그리고 누구든 20대는 다소간의 차이가 있어도 불안한 법이라는 것을 알았으면 좋겠다. 나도 20대에는 불안했으니까, 도무지 무엇을 해야 할지, 무엇을 할 수 있을지 알 수 없었으니까.

선택할 수 없어서 받아들여야 했던 불행한 가정, 그걸 이겨 내려고, 어떡하든 벗어나 보려고 열심히 공부하고 일했던 10대의 시간들, 결국 죽음을 선택하려 했던 제자는 그럼에도 불구하고 마지막으로 실낱같은 미래에 손을 내밀었다. 이 책을 읽는 독자들은 저자인 나의 제자로부터 위로를 받고, 저자는 독

자의 응원으로 힘을 얻는 선순환의 행복회로가 만들어지길 바
란다. 그리고 뛰어난 글솜씨로 자신의 이야기를 풀어낸 내 제
자가 자랑스럽다.

– 홍 교수

내 삶의 역사는 나를 빛내주는 훈장

2018년 어느 봄날, 깊은 슬픔이 눈 속에 가득한 하얀 얼굴의 소녀를 만났다. 그 소녀는 '가슴 속 벌레가 마음을 갉아 먹고 있다'라고 말하며 태풍 앞에 놓인 촛불처럼 흔들리고 있었다. 이 여린 소녀와 마음속 어둠을 걷어내기 위해 함께했던 시간에 감사하고, 세상 속으로 당당히 걸어 나가는 것을 보면서 대견함에 눈물이 흐른다.

《죽지 않고 살아내줘서 고마워》는 한 어린 소녀가 성장하는 과정에서 겪은 상처와 아픔을 극복하고, 스스로 사랑받는 존재인 자아를 찾아가는 과정과 숨 쉴 수 없는 고통 속에서도 살아내기 위해 했던 노력들이 표현되어 있다. 저자는 현재 내 모습이 사람들에게 이해 받지 못한다 할지라도 자신을 사랑하면서, 어머니에 대한 사랑을 회복하고 우울증과 공황장애를 극복했던 과정을 잔잔히 이야기하고 있다.

이 책은 저자와 같은 우울증 및 공황장애를 겪고 있는 독자에게는 위로가 될 것이며, 저자와 같은 자녀를 둔 부모님들과 과거의 상처와 미래의 불안을 멈추고 현재의 '나'를 찾고 싶은 독자에게 어떻게 행동해야 하는지에 대한 도움을 줄 수 있을 것이다.

'죽지 않고 살아내줘서 고마워'는 저자 스스로에게 전하는 가장 큰 위로의 말이자, 동시에 이 책을 읽는 아픈 마음을 갖고 있는 분들에게 하는 말이기도 하다. 우리에게는 자신만의 삶의 역사가 있고, 그 삶의 역사는 현재 내 모습에 반영되고 있다. 더불어 현재 나의 상처는 과거에 힘들었던 시간을 살아내려 노력했던 흔적이자 훌륭한 훈장이다.

저자에게는 훈장과 같은 이 책을 사랑하며, 이 책을 읽고 있을 독자 여러분들의 훈장을 사랑합니다.

– 담당 상담전문가

들어서며.

당신의 아픔이 엄살이라 생각하지 않았으면 해요

나는 마음의 병을 가지고 살아가는 사람이다. 정확한 병명
은 우울증과 공황장애이다. 내가 아픔을 겪고 나니, 수많은 아
픈 사람들이 눈에 보인다. 생각보다 세상엔 아픈 사람들이 많
더라. 아니, 어쩌면 누구나 조금씩은 아픔을 안고 살아가고 있
는지도 모르겠다. 그게 어떠한 아픔이든 우리는 누구나 마음속
에 아픔을 품고 살아간다.

많은 사람들이 아픔에 자격을 부여한다. 나 자신이 아플 자
격이 있는 사람인지 끊임없이 검열한다.

'남들 다 똑같은데 내가 유난인 게 아닐까?'

'엄살 부리는 거 아닐까?'

'그냥 게으른 걸 핑계 대고 싶은 거 아닐까?'

　나 또한 그랬다. 그래서 나의 아픔을 내버려 두었다. 마음
의 병은 아주 별거인 줄 알았다. 그래서 나는 마음이 아프다고
말할 자격이 없어 보였다. 그래서 아프면 아플수록 나의 아픔
을 외면했다. 그리고 그것을 잊으려 쉼 없이 뛰었다. 그렇게 내
버려 둔 아픔은 곪고 곪아 사고가 나기에 이르렀다.

　이제야 생각한다. 아픔에 자격이란 없다. 감기에 걸릴 때 그
자격이 있는 것은 아니지 않나. 암에 걸릴 때 그 자격이 있는
건 아니지 않나. 내가 아프면 아픈 거다. 또한, 나보다 더 힘든
삶을 살아가는 이가 있다고 해서 내가 안 아픈 것도 아니다.

　1장에는 나의 개인적인 이야기가 담겨 있다. 인생 이야기이
자, 아픈 이야기이다. 나의 이야기를 하기 위해서, 나의 쓰디
쓴 이야기를 돌아보아야 했다. 그 과정이 나에게 위로가 되었
듯이 당신의 마음에도 위로로 가닿기를 바란다. 2장은 아픔을

치료하려 노력했던 이야기를 담고 있다. 마음을 치료하는 것은 참 어려운 일이다. 우리는 자신을 때리는 법은 알아도, 자신을 감싸 안는 법은 모르는 것이 아닐까. 나는 늘 나를 감싸 안으려 노력했다. 그런 나의 모습이 당신도 할 수 있다는 믿음으로, 당신의 마음에 내려앉기를 소망한다.

3장은 나의 사람들에 관한 이야기이다. 우리는 사람에게 상처받고 사람에게 치유 받는다. 그래서 사람과의 관계는 너무나도 중요하다. 많은 사람이 내게 위로가 되었고 많은 사람이 내게 상처가 되었다. 그러나 상처가 되었던 사람은 스쳐가는 인연이다. 내게 위로가 된 사람들만 소중한 나의 사람으로 붙들었다. 내가 소중한 사람을 대하는 방법을 깨닫는 과정을 지켜봐주시길 기원한다. 4장은 아픔, 그 후의 이야기이다. 나는 줄곧 일기를 쓰곤 했다. 토막글로 썼던 시(詩) 같은 일기들을 담아보았다. 아팠던 나의 모습과 대조되는 나의 모습을 보여드리고 싶다.

큰 사고가 날 뻔한지 6개월도 지나지 않았다. 그러나 많은 것이 달라졌다. 평생을 죽고 싶다는 갈망 속에 살아왔던 나였다. 죽고 싶다는 생각이 없는 삶은 상상도 못 해보았다. 그런 내가 지금, 하고 싶은 일을 해나가며 날아오르고 있다. 이 책은 지금처럼 날아오르기까지의 나의 여정을 담고 있다. 내가 이렇게 솔직한 이야기를 털어놓는 것은 나 같은 누군가에게 말하고 싶기 때문이다.

'그럼에도 불구하고, 괜찮다고.'
'당신은 당신 그 자체로 충분하다고.'

지금 아프다면, 지금 지친다면, 나의 여정에 함께 해주었으면 좋겠다. 그리고 내가 나의 발자취를 좇았듯, 한 번쯤 자신의 소중한 삶을 돌아보는 시간을 가져주셨으면 좋겠다. 때로는 살아 있는 것만으로도 고단할 때가 있다. '존재'하는 것만으로도 고달플 때가 있다. 그래서 지금, 여기, 당신이 존재해주어 고맙다. 오늘 하루를 살아 내주어서 정말 고맙다.

- 2019년 1월
민슬비

차
례

．
．
．
．
．
．
．
．
．
．
．

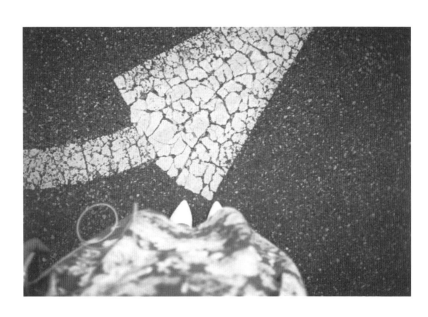

네 존재가
없어도 되는 건
아니란다

채워지지 않는
허전함

나의 아픔을 치유하는 여정은 꽤 고단했다. 우선 자꾸만 외면하려 했던 나의 지난날들을 똑바로 바라보려 노력해야 했다. 상처가 있는 사람이 그 상처를 똑바로 바라보기란 참 어려운 일이다. 우리는 과거의 상처에 억눌려 살아가곤 하지만, 애써 그걸 외면한다. 그래서 상처받았던 나 자신과 다시 만나고, 그 자신을 안아줄 용기를 내는 건 정말 어려운 일이다.

그래도 나는 나의 삶을 똑바로 바라보았다. 그리고 그 삶 속에서 아픔의 원인을 찾았다. 내가 가졌던 결핍을 찾고 그걸 채

우려 노력했다. 나의 상처를 똑바로 바라볼 용기를 가졌던 것, 그리고 지나온 삶을 차근차근 밟아보는 여정을 떠났던 것. 어쩌면 그것이 나의 아픔을 치료했던 것의 전부이다.

나의 삶을 되돌아보고 난 후, 나는 나의 불행의 가장 큰 원인이 '엄마와의 관계'라고 생각했다. 엄마와의 관계가 건강했더라면, 어떤 어려움이 몰려와도 잔잔히 극복해냈을 것이다. 건강한 삶이란 어려움이 없는 삶이 아니라, 어려움이 몰려와도 흔들리지 않을 수 있는 삶이다. 마음이 건강하다는 것은 잠시 슬프다가도 금세 또 일어날 수 있는 능력이 있다는 것이다. 어릴 때부터 엄마와의 관계가 탄탄했더라면, 그 능력이 건강하게 성장했을 것 같았다. 심지어 엄마가 나의 곁에 없을 때라도 그 능력이 탄탄히 성장해 있기만 하다면, 나는 어떤 어려움도 헤쳐 나갔을 것이다.

그럼 엄마와 나의 관계가 건강하지 못했던 이유는 무엇일까? 그걸 알고 싶어 엄마의 이야기까지 들어보았다. 엄마의 어린 시절 이야기, 엄마가 그간 느꼈던 감정들, 엄마의 생각들을 모두 들어보았다. 그리고 깨달았다. 나는 엄마의 결핍을 물려받았다.

엄마가 가졌던 결핍들은 내가 가진 결핍들과 겹쳐졌다.

안타깝게도 흔히 불행은 유전된다. 그래서 나의 비극을 알아보려면 나의 어머니 혹은 아버지의 삶부터 들여다보는 것도 필요한 것 같다. 나의 어머니, 아버지에게 무엇이 결핍되었는지를 찾으면, 불행의 실마리를 찾을 수 있지 않을까 싶다.

살다가 무언가 인생이 삐걱거린다면, 자신의 삶을 들여다볼 것을 권하고 싶다. 걸어왔던 삶의 길을 차근차근 되밟아보았으면 좋겠다. 특히 자신의 삶에서도 가족과의 관계를 바라보았으면 좋겠다. 그리고 그것을 들여다보는 것에서 끝나지 말아야 한다. 무엇이 우리를 불행하게 하였는지 찾아내서 끊어야 한다. 어려운 여정이지만, 나는 이 길을 걷고 나면 건강해질 수 있다고 생각한다. 그래서 나의 여정을 아주 솔직하게 보여드리려 한다. 막막할 때, 내가 했듯이 차근차근 돌아보는 것도 괜찮다고 권유하는 것이다.

나의 아픔의 뿌리,
엄마

우리 엄마의 엄마, 나의 외할머니는 엄마가 갓난아기일 적
에 집을 나가셨다. 집을 나가시기 전, 외할머니는 막내딸이었
던 엄마를 데려가려 하셨다. 그러나 나의 증조할머니께서 엄마
를 다락방에 숨기셨고, 외할머니는 결국 홀로 집을 나가셨다.
그 이후 엄마는 어머니 없이 다른 가족들과 사셨다.

엄마는 너무 어린 나이에 당신의 어머니와 분리되었다. 다
른 가족들은 엄마에게 어머니 같은 사랑은 주지 못했다. 그건
엄마를 평생 괴롭힌 불안의 씨앗이 아니었나 싶다. 어린아이에
게 주 양육자의 역할은 중요하다. 엄마는 평생토록 그 자리를
채워주는 사람이 없었다. 그래서 늘 불안하고 허전했을 것이
다.

엄마에게 어릴 적 기억은 많지 않다. 그 기억들은 모두 서
러웠거나 억울했던 기억들뿐이다. 엄마가 4~5살 남짓이었을
때, 외할아버지께서 엄마에게 당신은 나가야 하니 문간방에 있

으라며 미군 부대 분유 하나를 주고 가셨다고 한다. 외할아버지께서 나가셨을 때는 분명 낮이었는데 너무 오랫동안 아무도 오지 않았다고 한다. 심지어 그 문간방은 세를 들어 사는 남의 집이었다고 한다. 해가 지고 어두워지는데, 아무도 오지 않고 혼자 덜덜 떨었다고 한다.

그때의 공포는 엄마에게 상처가 되었던 것 같다. 지금도 혼자 남는 것이 너무 두렵다고 말하는 나의 엄마. 이러한 기억이 엄마가 평생을 버려지지 않으려 애쓰게 된 계기가 되지 않았을까.

엄마가 국민학교(당시에는 초등학교가 아닌, 국민학교라고 불렀다) 1학년 때, 학교에서 사생대회가 열렸다고 한다. 그림에 소질이 있던 엄마는 대상을 받았다. 그리고 같은 반 남학생은 장려상을 받았다. 엄마는 사생대회의 부상으로 크레파스를 받았다.

크레파스가 매우 귀했던 시절, 엄마는 그 크레파스를 소중히 안고 집에 왔다. 여러 색의 크레파스 중 한 가지만 꺼내어

줄만 쓱 그어보고는 다시 소중히 넣어 보관했다고 한다. 어느 날, 장려상을 받은 아이의 학부모가 학교에 찾아왔다. 아주 정확하지는 않지만, 엄마는 그 아이 학부모가 봉투 비슷한 것을 선생님께 주는 것을 보았다고 한다. 이후 엄마의 담임선생님이 엄마에게 크레파스를 썼냐고 물으셨다고 한다.

엄마는 솔직하게 대답했다. 그러자 담임선생님은 엄마에게 당장 집에 가서 크레파스를 가지고 오라고 했다. 엄마는 수업시간 도중 혼자 큰길을 건너 집으로 갔고, 그 크레파스를 가지고 왔다. 엄마의 담임선생님은 엄마에게서 그 크레파스를 빼앗아 장려상을 받은 아이에게 주었다고 한다.

엄마는 지금도 그 이야기를 두고두고 하신다. 그리고 그 이야기를 할 때마다 서러워하신다. 그 기억은 엄마에게 적잖은 충격이었던 것 같다. 든든한 '내 편'이 없다는 것이 서러웠다고 한다. 억울한 일을 당했는데, 항의해주고 감싸줄 이 하나 없었던 것이다. 그림에 소질이 있었던 엄마는, 그 이후 그림 그리기가 싫어졌다고 한다.

엄마의 인생을 돌아보고 나서, 엄마에게 결핍되어 있는 것은 나에게도 결핍되어 있었다는 것을 깨달았다. 나는 늘 버려질까 두려워했고, '엄마'의 자리를 누군가의 사랑으로 채우고자 끊임없이 노력했다. 그리고 나의 존재 가치를 증명하려 열심히 살았다.

엄마도 마찬가지였다. 늘 혼자 남을까 두려워했고, '엄마'의 빈자리를 메우려 노력하는 삶을 살았다. 늘 당신에게는 자신감이 없으셨다. 엄마의 결핍을 듣고 느끼고 나니, 나와 엄마를 더 잘 이해할 수 있었다.

존재의
부정

엄마는 2남 1녀 중 막내다. 엄마의 오빠들은 엄마를 예뻐해 주긴 했지만, 무심했다. 그래도 엄마는 '엄마'라 할 만한 존재가 없었기 때문에 그 대신 오빠들에게 의지했다. 그러나 두 오빠가 결혼하고 나니 그런 존재가 사라졌다. 그걸 해소하는 방법으로 엄마는 결혼을 원했다. 그러나 엄마에게 결혼은 쉽지 않았다.

나의 엄마는 청각 장애인의 딸이다. 엄마가 살았던 시대는 복지는커녕 장애인에 대한 인식이 나빴다. 그래서 엄마는 부모님이 장애인인 것에 대한 사회적 배려를 받지 못하고 자랐다. 오히려 그것에 대한 설움을 느끼며 자랐다. 엄마는 수차례 결혼하려 했으나 매번 불발되었다. 남자 측 부모의 반대 때문이었다. 반대의 가장 큰 이유는 부모가 청각 장애인인 것이었다. 수차례 결혼이 불발되자, 엄마는 자포자기했다. 늘 정직하게 살아왔는데, 그래도 소용없다는 생각이 들었다고 한다. 그 생각이 들자마자, 나의 친아버지를 만나게 되었다.

나의 친아버지는 이혼 예정인 유부남이었다. 아무리 자포자기의 심정이지만 유부남을 만난 것은 엄마의 큰 실수였다. 엄마는 죄책감이 들었다고 한다. 죄책감에 나의 친아버지와 헤어졌고, 다른 사람과 결혼을 약속했다. 그러나 그 결혼조차 불발되었다. 약혼자의 집착 어린 모습에 실망한 엄마가 결혼을 깼다.

파혼했음에도, 약혼자는 엄마의 집에 계속 찾아왔다. 엄마는 그를 피해 나의 친아버지와 지방으로 내려왔다. 단, 이혼한다는 약속이 담긴 공증서류까지 받고 말이다. 이혼한다는 굳은 약속을 믿고 아무런 연고도 없는 지방으로 내려왔다. 그때 내려온 그 지방은 나의 고향이 되었다.

그러나 친아버지는 이혼하지 않으셨다. 엄마는 아이를 낳으면 출생 신고를 위해서라도 친아버지가 이혼할 줄 아셨다. 아버지가 이혼하지 않으면 나의 출생 신고는 '혼외자'로 해야만 한다. 그래서 나는 태어난 후 수년을 출생 신고도 되지 않은 채 살았다. 없는 아이로, 없어야 하는 아이로 살았던 것이다.

그렇게 나는 태어나기 전부터 있으면 안 되는 존재였다. 그런 나에게 존재의 축복은 과분했다. 나는 제왕절개로 태어났다. 즉, 태어날 날이 정해져 있었다. 그러나 내가 세상에 나오기 전날, 친아버지는 술을 마시느라 집에 들어오지 않으셨다. 엄마는 만삭의 몸을 이끌고 나의 친아버지를 찾으러 다니셨다. 그곳은 타지여서 친아버지 이외에 보호자가 없고, 보호자가 없으면 아이를 낳을 수 없기 때문이다.

엄마는 친아버지가 주로 가는 술집들을 돌아다니며 찾아다 녔다. 그때부터 시작된 엄마의 설움은 나의 어린 시절에 큰 영 향을 끼쳤다. 엄마의 표정 변화 하나하나가 나에겐 큰 걱정이 고 두려움이었기 때문이다. 엄마의 얼굴은 늘 어두웠다. 그 어 두움이 두려웠다.

나의 친아버지의 어머니, 원래대로라면 '친할머니'라고 불 러야 할 분은 나의 유일한 조부모이다. 외할머니와 외할아버지 는 내가 태어나기 훨씬 전에 돌아가셨기 때문이다. 친할머니 는 아들의 잘못을 책망하지 않으셨다. 대신 나의 존재를 부정 했다. 그래서 나는 태어날 때부터 친할머니의 구박에 시달려야 했다. 내가 친할머니 댁에 가기만 하면 내가 보일 때마다 나를 째려보셨다. 친할머니 댁에서 자던 어느 날, 밤에 물을 마시러 방문 밖을 나간 적이 있다. 어둠 속에서 친할머니가 째려보며 "안 자고 왜 나와"라고 말씀하셨다. 너무 무서워 물도 못 마시 고 방으로 내뺐다.

또 하루는, 친할머니가 엄마께 심부름을 시키셨다. 엄마가 심부름을 나서는데 내가 죽기 살기로 따라가겠다고 애원했다.

죽음이 무엇인지도 모르던 어린 시절이지만, 엄마가 없는 엄마의 시댁에 있으면 진짜 죽을 수도 있을 것 같았다. 나는 그렇게 부득부득 우겨 따라갔다. 그런데 그렇게 따라갔다가, 통닭집 화로의 문에 얼굴을 데는 사고를 당했다. 흉이 졌을 정도였다. 그 상태로 돌아오자, 나와 엄마에 대한 책망이 이어졌다. 등골이 서늘했다. 지금 생각하면, 그런 백발의 노인을 왜 그리 두려워했나 싶다. 그러나 그 당시에는 죽을 만큼 무서웠다. 그 집에서 나의 일은 눈치를 보는 것이었다. 엄마가 친아버지랑 헤어지고도 한동안 백발의 노인들만 보면 두려웠다.

이러한 어린 시절은 나에게 많은 상흔을 남겼다. 나 자신을 있어서는 안 되는 존재로 인식하게 되었던 것이다. 나의 존재를 인정받으려면 치열하게 노력해야 한다고 생각하게 되었다. 그렇게 나는 일생을 나의 존재를 인정받기 위해 살았다. 조금의 뒤틀림 없이 자라야 할 것 같았다. 선인장처럼 물을 주지 않아도 알아서 자라야 할 것 같았다.

나는 자라면서 어른들의 칭찬을 많이 받았다. 주로 '어른스럽다', '속이 깊다' 등의 칭찬이었다. 지금에야 되돌아본다. 아이가 어른스럽다는 말은 바꾸어 말하면 억압되어 있다는 것이다. 나는 어리광을 부리면 안 될 것만 같았다. 나는 사고를 치면 안 될 것만 같았다. 나는 어른들이 바르다고 말하는 길을 가지 않으면 안 될 것만 같았다. 그렇게 억압받은 채 20년을 살아왔다. 얌전히, 스스로, 알아서, 잘 컸다.

존재가 부정 받는 기분은 참 서럽다. 존재한다는 이유로 사람들의 눈치를 보는 것은 서러운 일이다. 나를 소중히 여기지 않게 되고, 타인을 위해 내 인생을 조정하게 된다. 나뿐만 아니라 많은 사람이 자신의 존재를 용서하지 못하는 것 같다. 존재의 가치를 인정받으려 애쓰는 것 같다. 밥값을 하지 못하면 자기 자신을 쓸모없는 존재로 생각하곤 하는 것 같다.

나중에 알았지만 '그럼에도 불구하고' 나는 소중한 사람이었다. 어떤 탄생 배경을 가졌든 상관없이 그저 존재한다는 이유만으로 사랑받아 마땅하다. 책《냉정과 열정 사이》를 읽다가 이 구절에 공감했다.

'용서받을 수 있다는 것은 아마도 행복한 일이리라. 존재를

용서받을 수 있다는 것은.'

그 누구에게도 존재를 인정받을 필요는 없다. 그 누구도 나의 존재를 부정할 권리가 없다. 그리고 나 또한 나 자신의 존재를 용서해야 한다. 생각해보자. 우리가 얼마나 우리 자신을 괴롭히고 있는지를…. 우리는 존재한다는 이유만으로도 가치가 있다. 누구에게도 우리의 존재를 무시 받지 않을 권리가 있다. 설령 나조차도 나의 존재를 무시해서는 안 된다.

버려지면 어쩌지?

친아버지에게 나는 어떤 의미였을까? 엄마는 나의 친아버지에게 이혼하고 정식으로 가정을 꾸리거나 당신과 헤어져 달라고 요구했다. 친아버지는 그럴 때마다 집을 나가 다른 여자를 만나곤 했다. 나중에는 엄마의 요구가 있을 때마다 나를 데려가 숨기기 시작했다. 내가 어린이집에서 하원 하는 것을 기다렸다가 나를 데리고 도망가기도 했다.

어느 누가 자신의 딸을 인질로 삼을까? 나의 아버지는 자주 그러셨다. 나는 한겨울에 내복 차림으로 납치되기도 하였다. 아직도 그때가 생생히 기억난다. 한 번은 그런 식으로 나를 데려가 모텔에서 숙박하는데, 아버지가 어린 나를 재우지도 않고 먼저 잠이 드셨다. 다섯 살이었던 나는 틀어져 있던 TV 속에서 적나라한 포르노그래피를 보게 되었다. 그것이 적잖게 충격이었는지, 엄마를 만나게 되자 엄마를 핥았다고 한다. 엄마가 충격 받아 그 이유를 추궁하자 내가 말을 해주었다고 한다. 포르노그래피는 기억이 나는데, 그걸 엄마가 알게 된 경위는 기억나지 않는다. 엄마께 듣고 살짝 충격적이었다.

엄마가 눈물을 흘리며 나를 따라왔다.
나는 어디로 가는지 몰랐다.
한겨울에, 내복 바람인 나를
누군가 안고 도망가고 있었다.
엄마가 울며 따라왔다.
눈이 감겼다.
너무 추웠다.
나는 끝끝내 엄마의 손을 잡지 못했다.

나중에 알았다.

평생을 후회할 장면은

아주 순식간에 완성된다는 걸.

나는 15년 넘게 그 장면을 후회하게 되었다.

엄마 손을 잡지 못한 나를,

엄마를 부르며 발버둥 치지 못한 나를 탓하게 되었다.

아버지는 나를 보육원에 보내려고도 하셨다. 반복된 납치에 엄마는 친아버지에게 양육권 소송을 걸었다. 그러자 나를 키우기는 싫고 엄마를 괴롭히고 싶기는 했던 나의 친아버지는 나를 보육원에 보내려고 한 것이다. 더욱 놀라운 것은 나에게 그 말을 하지 않았는데도 내가 눈치를 챘다는 것이다.

아이는 다 안다. 눈치를 볼 줄 안다. 분위기를 볼 줄 안다. 나는 원래 "여기서 기다려" 하면 얌전히 기다리는 아이였다. 그런데 아버지가 보육원에 보내려던 그 시기, 내가 달라졌다고 한다. "잠시 기다려"라고 하면 바짓가랑이를 붙들고 늘어졌던 것이다. 꼭 같이 가야 한다고 온갖 떼를 부렸다. 나는 그 이야기를 아버지에게 들었다. 아버지는 내게 죄책감이 없었던 것 같다.

이맘때쯤 친아버지는 교회에 다닌다는 이유로 엄마를 때렸다. 손으로도 아닌 우산대로 때렸다. 엄마는 나를 아빠 없는 아이로 키우고 싶지 않으셨다. 그래서 참고 참았던 것이다. 그러나 더는 참을 수 없어, 양육권 소송을 진행했다. 그 과정에서도 나는 여기 붙들려 가고 저기 붙들려 갔다. 하룻밤 사이에 나의 보호자가 바뀌었다. 엄마가 나를 데리고 필사적으로 도망쳐 숨어 있었는데, 잠에서 깨어보니 친아버지가 나를 안고 데려가고 있었다. 뒤를 돌아보니 친할머니와 고모 손에 엄마가 머리채를 잡히고 있었다. 지금도 그 상황이 생생하다. 그리고 그걸 생각하면 화가 치밀어 오른다. 지금도 엄마의 숱 없는 머리카락을 보면 마음이 아프다.

엄마의 머리채가 잡혔다.
나는 잠에서 깨지도 못했다.
누군가 나를 어디로 데려가고 있었고,
그게 어딘지 그가 누군지 알 수가 없었다.

엄마와 또다시 분리되는구나.
또다시 이 상황이 반복되는구나.

그때, 날 데려가던 사람이 말했다.

"아빠야. 괜찮아."

안 괜찮았다.

양육권 소송 끝에 엄마가 승소했고, 그렇게 우여곡절 끝에 엄마와 둘이 살기 시작했다. 단둘이기 때문에 엄마를 전적으로 신뢰해야 하는데, 나는 엄마에게 버려질까 두려워했다. 엄마는 나를 목숨처럼 지켜낸 사람이었다. 그러나 잠든 사이 엄마에게서 떼어지던 기억은 나를 옥죄었다. 친한 지인 가족과 여행을 가면, 혹시나 엄마에게 버려질까 두려워 함께 가는 어른들의 전화번호를 모조리 외웠고, 가능한 선에서 가는 길을 익혀두기도 하였다.

사실 살면서 사람에게 한 번도 버려지지 않는 것은 불가능하다. 우리는 언제나 버려질 위험에 처해 있다. 그런데도 우리는 사람을 믿는다. 실망하더라도 믿는다. 그것이 자존감 아닐까 생각해본다. 버려지더라도 나는 나를 사랑한다는 믿음. 내가 나를 사랑하니까 괜찮다는 믿음. 어린 시절의 불안감을 딛고 내가 올라설 수 있는 이유는 나를 사랑하기 때문이다. 그 누구에게 버려져도 나는 다시 일어설 수 있으니까, 오늘도 불완전한 타인을 믿는다.

눈물 자리

나는 사춘기가 와야 할 시기에 사춘기를 겪지 못했다. 그렇게 된 데에는 이유가 있다. 사춘기가 올 시기, 엄마가 결혼하셨다. 갑자기 나의 의지와는 상관없이 새아버지가 생기고, 나만 바라보던 엄마가 새아버지를 챙기기 시작했다. 물론 엄마가 나를 버리지 않을 거라는 걸 잘 알게 된 나이였지만, 정서적으로 버림받을 것 같다는 불안감에 시달리기 시작했다.

툴툴대면 엄마가 미워할까, 엄마와 싸우면 날 싫어할까, 늘 두려웠다. 더군다나 나의 새아버지는 참 어린 사람이었다. 툭하면 삐지기 일쑤였다. 예를 들면, 밸런타인데이에 초콜릿을 사 오지 않으면 며칠 삐져 있었다. 밖에 나갔다 왔을 때 인사를 정성스레 하지 않아도, 말투가 거슬려도 모두 삐지기 충분한 일이었다. 나는 그게 고통스러웠다. 나의 행동 하나하나가 검열되는 느낌이었다. 무엇보다 나에게 직접 말해서 혼을 내지 않는 것이 힘들었다.

밤마다 문 뒤에 숨어 엄마에게 하는 나의 험담을 들으며 울곤 했다. 문 뒤에 앉아 듣자니, 방바닥은 차갑기 그지없었고, 머리는 깨질 듯 아팠다. 서러웠다. 나의 엄마가 나의 험담을 듣고 있다는 것이 무서웠다. 엄마는 나를 믿었고, 그 사람이 유치하다는 걸 잘 알았다. 그러나 늘 나에게 이해해달라 하셨다. 나는 어른을 이해할 만큼 크지 않았다. 겨우 초등학교 6학년, 중학생이었다. 늘 밤마다 울었고 불안했다. 나의 불면증은 거기서 시작된 것이 아닐까.

그때부터였을까, 밤마다 우는 것은 일상이 되었다. 잠자리는 나의 눈물 자리였다. 베갯잇은 늘 젖어 있었다. 겨우 잠들려고 보면 동이 트고 있었다. 밤마다 잠을 못 자니, 낮에 너무 힘들었다. 밝게 웃었지만, 속으로는 부글부글 끓고 있었다. 사소한 것에도 짜증이 솟구쳤고, 사소한 것에도 서러웠다. 그러나 단 하나도 표출하지 못했다. 그저 또다시 남몰래 잠자리에서 눈물을 흘리는 것이 전부였다. 잠을 자지 못하니 하루를 망치고 하루를 망치니 또다시 밤을 지새우며 옛 서러운 기억까지 끄집어내 울곤 했다.

그래서 나에게 '잠'이란 특별한 의미이다. 내가 사랑하는 사람들은 잠을 푹 자기를 바라게 되었다. 잠자리에 많이 예민해지기도 했다. 머리만 대면 잘 자는 사람들도 있지만, 나는 잠들기 위해 잘 정돈된 침구류와, 개운한 몸, 조용하고 어두운 환경이 갖추어져야 했다. 그것이 아니면 많이 피곤하더라도 잠이 오지 않았다. 사실 그것들이 갖추어져도 잠이 드는 건 쉽지 않았다. 잠자는 시간에는 늘 두려웠다. 매일 밤을 눈물로 지새우는 것은 고통스러운 일이었기 때문이다.

새아버지에게도 자녀가 있었다. 그러나 두 분은 나만 키우셨다. 새아버지의 자녀들은 성인이었다. 자신들의 어머니와도 떨어져서 각자 살아가고 있는 듯했다. 나를 키운다는 이유로 엄마는 새아버지에게 한 걸음 양보하곤 하셨다. 엄마가 결혼할 때 주위에서 한 말이 있다. '너는 1+1'이라고. 엄마를 데려오니

딸려오는, 필요는 없지만 있으니 어쩔 수 없이 받아오는. 내가 아는 한, 나는 그런 존재였다. 그래서 엄마가 새아버지에게 한 걸음 물러서는 것이 상처였다. 나의 존재가 민폐라는 생각이 굳어지게 만든 것이다.

그 시절, 나는 14층에 살았다. 해 질 무렵 창밖을 바라보면 예쁜 노을을 볼 수 있었다. 그러나 나는 그 집 창밖을 바라보며 그런 생각을 했다. 저 차디찬 콘크리트 바닥으로 떨어지면, 저 콘크리트 바닥은 나를 안아줄 거라고. 아무도 나를 안아주지 않는 세상에서 저 바닥은 나를 안아줄 것 같았다. 창밖을 내려다볼 때마다 뛰어내리고 싶은 충동을 느꼈다. 그때도 나는 내가 병들어가고 있다는 것을 몰랐다. 지금에 와서 생각한다. 내가 그때 그 감정을 엄마에게 솔직히 말씀드렸더라면, 이렇게까지 아프지는 않았을 것 같다.

홀로 붕 떠 있는 기분.

마음 놓고 머무를 곳이 없고
어디에 가도 내가 있을 곳은 없는

그런 기분.

발을 디딜 수 있는 곳은 많지만
내 마음을 디딜 수 있는 곳은 없고
무거운 짐을 잠시 내려놓을 곳조차도 없는.
몸이 널 공간은 있어도
마음까지 널 공간은 없는.

바닥을 딛지 못하고 떠 있는 이 기분.
나 홀로 떠돌다 눈물로 끝내는 밤.
내일은 내 마음이 어디에서 묵어야 할까?
이 여정은 언제 끝이 나는 걸까?

중학생 시절, 새아버지는 나에게 들키지 말아야 할 것을 들켰다. 너무나도 큰 잘못이었다. 엄마에게 말해야 하는가를 수차례 고민했다. 엄마가 충격 받을 것이 무서웠다. 그래도 엄마가 바보가 되는 것이 싫어 말씀드렸다. 엄마는 담담히 들으셨다. 아니, 담담하지 않았다. 엄마의 감정 변화를 지켜보는 것은 고역이었다.

엄마가 결혼할 때, 치기 어린 마음에 새아버지께 엄마 눈에 또 눈물 나게 하기만 해보라는 문자를 보낸 적이 있다. 그게 실현되어버렸다. 치기 어린 마음에 했던 걱정이 실현된 것이다. 다른 것은 괜찮았다. 나의 일이 아니니까. 그러나 엄마의 감정 변화는 어린 나에게는 나의 일이었다. 엄마와 감정 분리를 하는 법을 몰랐던 어린아이에게, 엄마의 고통은 나의 고통이었다. 그걸 지켜보는 고통은 너무나도 고문 같았다.

그러나 그 이야기는 그냥 그렇게 끝나버렸다. 누구도 사과하지 않은 채 끝나버렸다. 나는 어른들의 일을 위해 모르는 척 철없는 척 연기했다. 연기하다 보니 모든 게 끝나버렸다. 불륜은 부부의 일이다. 그래서 자식인 나는 관여할 자격이 없다. 그러나 그걸 내가 알아버린 이상, 내가 정서적으로 고통 받은 이상 나의 일이 되어버렸다. 잘못한 사람이든 누구든 나에게 사과를 해야 했다.

어린 나이에 너무 큰 충격을 받은 것, 그리고 그걸 모르는 척 연기한 것. 모두 사과 받아야 했다. 그러나 없던 일처럼 지나가버렸다. 엄마도 어찌할 수 없는 선택이었다. 그러나 나는 이해할 수 없었다. 엄마를 이해해줄 만큼 내가 어른이 아니었다.

이쯤부터 삶의 끝을 갈망하기 시작했던 것 같다. 그 이후, 하루도 빠짐없이 죽음을 생각했다. 죽는 방법에 대해 구체적인 상상을 하며 살았다. 물론 나도 잘 알고 있었다. 죽음은 근본적인 해결책이 되지 못한다. 오히려 주위 사람들을 고통스럽게 하는 행위이다. 그러나 이 갈망은 내가 어쩔 수 있는 부분이 아니었다. 그저 마음이 내는 목소리였다. 지금 생각해보면, 실은 죽도록 살고 싶었던 것 같다. 나 죽을 것 같다고, 나 살려달라고 마음이 외치는 중이었던 것 같다. 그때의 나를 안아주고 싶다.

나를 극단으로 몰아
잠시 숨을 쉬는 것

우리 집은 어릴 때부터 가난했다. 내가 태어났을 때 친아버지는 신용이 불량했다. 엄마가 결혼하신 직후, 아주 잠시 여유로워졌던 것 빼고는 늘 경제적으로 어려웠다. 어릴 때부터 그 사정을 속속들이 알아버린 탓에, 나는 늘 불안했다. 나는 하고 싶은 것이 많은 사람인데, 돈이 내 발목을 잡을 수도 있을 것 같았다.

고등학생이 되자, 학비가 들기 시작했다. 두려웠다. 돈 때문에 하고 싶은 공부도 하지 못할 것 같았다. 나는 학기 초마다 장학금을 구하기 위해 교무실을 활보하기 시작했다. 증명할 수 없는 가난. 그건 참 고달프다. 가난을 증명할 수 있었더라면, 나라의 지원을 받았을 테니까. 학교에는 한부모 가정, 조부모 가정 등이 많았기 때문에, 나에게까지 지원의 손길이 미치지 못했다.

그래서 고등학교 시절 내내 학기 초는 나에겐 장학금 쟁탈 전쟁이었다. 시험을 망치고도 보이지 않던 눈물을, 장학금에 떨어지고 나서 보였다. 그렇게 고등학교 학비와 식비를 내 힘으로 마련했다. 온갖 발버둥을 쳐서 마련했다. 지금에 와서 생각하면 모두 잘 해결되었지만, 그때는 진심으로 두려웠다. 생존의 위협같이 느껴졌다. 내 삶의 이유는 '엄마'와 '꿈'인데, 돈 때문에 꿈을 향해 달려가는 것조차 하지 못할 수도 있겠다고 생각을 한 것이다. 삶의 의미를 잃어버리는 것과 마찬가지였다. 그래서 더더욱 장학금 등에 집착했다. 없는 용돈을 쪼개서 적금도 들었다. 나의 그런 행동들을 다들 기특하게 여겼다.

그러나 나에게는 생존의 문제였다. 이 시절, 나는 공부 중독자가 되었다. 1학년 때는 5시간, 2학년 때는 4시간, 3학년 때는 3시간씩 자며 공부했다. 학교 일과시간에 조는 일도 거의 없었다. 이유는 간단했다. 공부할 때만큼은 행복하니까. 공부할 때만큼은 죽음을 꿈꾸는 것을 잠시 잊으니까. 선생님과 친구들은 성실하다고도 했고, 독하다고도 했다.

하지만 지금 생각해보면, 독한 것도 성실한 것도 아닌 그저 가학적인 행위였던 것 같다. 일종의 자해였다. 나를 극단으로 몰아 잠시 숨을 쉬는 것이었다. 그러나 공부의 효율은 별로 없었던 것 같다. 우울증을 앓다 보면, 뇌의 효율이 많이 떨어지는 느낌을 받는다. 집중도 안 되고 기억력도 저하된다. 쓸데없는 것에만 기억력이 발휘되고 정작 중요한 것들은 잊어버리는 것 같았다.

나의 첫
사회생활

나는 재수를 하게 되었다. 나는 돈을 벌며 공부를 했다. 고
등학교 기숙사 사감, 학원 강사 조교, 과외, 교재 검토, 음식점
서빙 등 다양한 아르바이트를 했다. 그중 기숙사 사감 일은 모
교에서 했다. 학생들과 겨우 1~3년 차이나는 졸업생이니, 사감
이라기보다 친근한 언니에 가까웠다.

나는 대부분의 아이들과 잘 지냈다. 그러나 수많은 아이와
잘 지낸다 하여도, 한 아이의 괴롭힘이 힘들었다. 한 아이가 나
를 이유도 없이 싫어했다. 이 아이는 싫어하지 않는 사람이 없
다고 할 정도로 모든 사람을 험담하고 다니는 아이였다. 이 아
이는 나의 책상에 빨간 색연필로 악의적인 편지를 쓰고 간다든
지, 익명으로 나의 상사인 선생님에게 거짓 고자질을 한다든지
등의 행동을 했다.

그것이 모두 이 아이가 한 일이란 걸 알 수 있었던 것은, 그
아이가 무용담처럼 떠벌리고 다녔기 때문이다. 나를 좋아해주

던 아이들이 그 이야기를 전해주었다. 사실 그래도 괜찮았다. 어디에 가든 나를 이유 없이 싫어하는 사람이 간혹 있기 마련이다. 그 때문에 이해하려 노력했다. 그리고 나는 떳떳했기 때문에 괜찮았다.

그러나 나의 상사인 L 선생님은 나의 편을 들어주지 않았다. 권위 없는 어린 사감 선생이니 아이들은 나를 무시하고 내 말을 듣지 않는다. 그래서 선생님이 나의 편을 들어주고, 아이들이 나의 말을 듣지 않을 때 도와주어야 했다. 그러나 L 선생님은 터무니없는 거짓 고자질에도, "너를 싫어하는 데에는 이유가 있을 것이다. 학생이 널 싫어하는 것은 네 탓이다"라며 혼을 내셨다.

사실 L 선생님은 모 여대에 집안 좋은 사람이 아닌 사람은 깔보기로 유명한 분이셨다. 그래서 L 선생님은 모 여대에 집안 좋던 선생님 한 분을 빼고는 모든 사람을 힘들게 했다. L 선생님 밑에서 일하는 사람들은 건강이 안 좋아지는 경우가 유독 많았다. 내가 학생일 때에는 그것이 이상하지 않았다. '설마' 싶었다.

그리고 처음 일을 시작했을 때에도 L 선생님의 행동이 내 탓이라며 자책하곤 했다. 나중에 알았다. 이 분은 나의 상황을 알고 계셨다. 나의 가난을 알고 계셨다. 사람이 많을 때는 정말 잘해주셨지만, 사람들이 없으면 특유의 무시하는 눈빛과 목소리로 싹 바뀌곤 했다. 상사가 나를 싫어한다는 것, 참 힘든 일이었다. 이유라도 알았으면 좋으련만, 내가 노력해도 나를 싫어하는 사람의 마음은 바꿀 수 없었다.

스무 살에 일을 하면서 너무 힘들었던 점은, 자세히 알려주지 않으면서 모르면 혼을 낸다는 것이었다. 한 번은 너무 괴로워 여쭈었다. "제가 노력하고 있지만, 선생님 마음에 너무 안 드시면 제가 그만두는 게 맞을까요?" 그러자 돌아온 대답은 "안 그래도 그러려고"였다. 어떤 분께서 그 말은 아무리 예의를 갖추어 말했다지만 예의 없게 들릴 수 있다고 하셨다. 그래서 L 선생님께 문자를 보냈다. 아까 한 말이 혹시나 예의 없게 들리셨다면 정말 죄송하다고, 진심으로 폐를 끼칠까 염려되어 한 말이라고. 그러나 읽고도 답장이 없으셨다. 심지어 문자를 보낸 이후 선생님으로부터 전화가 왔기에, 나에게 소리치신 것을 사과하려 하시는 줄 알았다. 그러나 아니었다. 당신 궁금한 것만 물어보시고 내 정성스러운 문자에 대한 언급은 한마디도 안 하셨다.

L 선생님뿐 아니라 그곳 모든 선생님이 너무하다고 느낀 적이 있다. 새로운 학생들이 들어오기 전, 선생님들은 설명회를 진행했다. 선생님들은 설명회 안내지에 학교 학사 전반에 관한 상담을 할 수 있는 전화번호로 나의 전화번호 하나만 써놓으셨다. 나는 기숙사 사감 아르바이트생일 뿐, 아직은 졸업도 안 한 고등학생이었다. 그런데 선생님들이 해야 할 학부모 문의 전화 처리를 나에게 모조리 떠넘긴 것이다.

나는 영문도 모른 채 학부모들의 전화 세례에 시달렸다. 선생님들 여럿이 나누어서 해야 할 업무였다. 내가 할 업무가 아니었다. 이것도 신입생들이 들어오고 나서야 그 일의 경위를 알게 되었다. 안내지에 문의 번호로 나의 전화번호만 적어놓으셨다는 것을 그제야 알고 황당했다.

지금 생각해보면 한때는 제자였던 갓 스무 살 아이를 그렇게 무시하는 것은 그 선생님의 문제이다. 그런데도 나는 내가 더 완벽하지 못한 것을 책망했다. 또 나의 상황을 원망했다. 지금에 와서야 이처럼 타인의 문제로 내가 상처받을 일이 생길 때 어떻게 대처해야 하는지를 알게 되었다. 그 사람의 문제이니 나를 자책하지 않는 것이다. 나는 그걸 몰랐다. 누군가 갑질을 한다면, 어리다고 환경이 좋지 않다고 무시한다면, 나 자신을 탓할 게 아니다. 그 사람의 안타까운 인성에 대해 추모해주어야 한다.

그 무렵 인터넷 강의 강사 조교 일을 하며, 내가 이상한 것 같다는 생각을 했다. 아이들이 많은 교실에 들어갈 때마다 손이 떨리고 안절부절못했다. 그 때문에 실수를 하기도 했다. 그게 공황장애일 거라고는 상상치도 못했다.

그저 약해져 있다며 나 자신을 책망했다.

나중에 알게 되었다. 나와 함께 일하던 사람이 나의 실수를 과장해서 두고두고 험담하고 있었다. 사실 종이를 떨어뜨리거나, 종이를 나눠주는 타이밍을 못 맞춘 정도의 실수였다. 그런데도 그걸 과장해서 흉을 보고 있었다고 한다. 나를 모른 채 그

험담을 자주 듣던 사람들은 내가 아주 이상한 사람인 줄 알았다고 한다. 그런데 실제로 만나서 함께 일해 보니 전혀 그렇지 않다며 편견을 가져 미안하다고 사과해주었다.

처음에는 누구나 다 실수를 한다. 공황장애를 앓고 있는 환우라면 그 실수에 더 취약할 것이다. 누구나 할 수 있는 실수에 너무 자책할 필요는 없다. 다음에 실수를 안 하면 그만이다. 누군가 나의 험담을 하더라도 마찬가지이다. 그 날카로운 혐오 감정에 매몰될 필요는 없다. 누군가를 싫어한다는 건 칼을 거꾸로 잡고 상대방을 찌르는 행위라는 말도 있다. 누군가의 증오에 내가 찔리지 말자. 물론 기분은 나쁘지만, 곱씹지 않으면 내가 찔리지 않을 수 있다.

이맘때 나는 정말 극심한 우울증에 시달렸다. 그동안은 내가 힘들다는 걸 나 자신에게도 속이며 살았는데, 이번엔 속여지지 않았다. 이유도 없이 눈물이 줄줄 흘렀다. 그리고 감정이 소용돌이쳤다. 그간의 억울함과 설움이 몰려왔다. 내가 미친 사람인 것 같았다. 당시 나는 고시원에 살고 있었다. 가장 저렴한 방이었기에 마치 관과 같았다. 햇빛도 들어오지 않았다. 그래서 그렇겠거니 싶어, 친척에게 도움을 청했다. 그래서 이사를 하게 되었다.

이사를 하고 스무 살 하반기, 수능 공부를 위해 모든 아르바이트를 그만두었다. 그러자 모든 것에 맥이 풀렸다. 지금까지 너무 열심히 살아왔던 탓이었다. 그토록 성실하던 나였는데 공부하는 것조차 너무 힘들었다. 온종일 일어나지 못하는 날도 생겼다. 입맛도 너무 없었다. 종일 굶기가 일수였다. 음식을 씹는 것이 마치 모래 씹는 것같이 느껴져 억지로 먹던 음식을 뱉기도 하였다.

나 스스로 제어가 되지 않았다. 공부하면서도 울컥울컥 화가 치밀었다. 그런 하루하루를 보냈으니 건강이 남아날 리 없었다. 쓰러져 119에 두 번이나 실려 갔다. 입원도 했다. 수능 직전, 10월이었다. 우울한 하루하루를 보내고, 건강까지 망가진 상황에서 수능을 보았다. 잘 볼 리가 없었다.

한 번도 빠짐없이 일정 수준의 성적을 유지했기에 기대치가 높아져 있었다. 그러나 잘하던 과목에서 미끄러졌다. 세상 모든 일이 안 풀리는 것 같아 좌절했다. 수시까지 모두 떨어지자, 신이 나를 가지고 장난하나 싶었다. 서러웠던 건 시험을 못 봐서가 아니었다. 내 인생에 어떤 희망조차 허락되지 않은 것 같은 암담함이었다. 그때, 유서를 썼다.

〈당시 쓴 유서〉

또다시 실패해서 이런 선택을 하는 건 아니다.
공부란 단 한 번도 무언가를 가져본 적 없는 내가 살아보려던 발버둥이었다.
공부가 전부가 아니라는 것. 나도 잘 안다.
돈은 전부가 될 수 있어도 공부는 전부가 될 수 없다.
마지막 발버둥마저 실패해버린 나는 살아갈 이유가 없다.
나는 하고 싶은 게 많았던 아이이다.
미친 듯이 노력을 한다면
하고 싶은 걸 어느 정도는 해볼 수 있을 줄 알았다.
그런데 나는 그렇게 버둥대는데도 단 한 번의 기회도 받은 적이 없다.
미친 듯이 노력하면 목숨을 부지하는 정도였다.

단지 생존을 위해서 미친 듯이 노력해야 한다면 생존하고 싶지 않다.

나는 태어나서 단 한 번도, 무언가를 가져본 적이 없다.

엄마가 존재하는 걸 감사해했지만, 남들 다 가진 엄마 말고는 가진 게 없다.

노력으로 만회할 수 있을 줄 알았다.

그게 아니었다.

나는 애초에⋯. 머리도 외모도 집안도 돈도 아무것도 가진 것 없는 그런 인생이다.

더 추한 꼴 보기 전에 여기서 마무리하려 한다.

매일같이 웃었지만 지옥 같은 삶이었다.

무미(無味)

김빠진 콜라

소금 간 안 된 미역국

된장 빠진 된장찌개

김치 없는 김치찌개

아무 맛도 안 나는 하루하루

아무 것도 없는

아무 빛도 나지 않는

나날들

힘을 내려고 해도 바람 빠지는

일어나려 해도 다리가 풀리는

의미 없는 하루

이유 없는 인생

머리가 지끈거려

입맛은 없고

뼈만 욱신욱신

승화해버렸으면

내가 여기 없었으면

아침에는 내가 사라졌으면

이 무렵 심장이 빠르게 뛰고 숨이 차는 증상이 자주 나타나기 시작했다. 처음엔 대수롭지 않게 여겼다. 그러다 건강이 많이 안 좋아지자, 혹시나 부정맥이 아닌가 싶어 정밀 검사까지 받아보았다. 그러나 모두 정상이었다.

내가
이상한 것 같아

어둠의 겨울이 지나고, 새 학기가 시작되었다. 아르바이트에, 학교 적응에, 매주 고향에 내려가기까지 하려니 정신이 없었다. 그래서 내가 괜찮은 줄로만 알았다. 그러나 봄이 되자 무너져 내렸다. 이제는 일어나지 못할 것 같았다. 그러던 와중에 독감에 걸렸다. 독감이 유행하지도 않는 4월에 독감에 걸리자, 엄마가 내게 말씀하셨다. "네 나이에 이렇게 자주 아픈 건 문제가 있는 거야." 내가 생각해도 문제가 있어 보였다. 이제는 병원에 가보아야겠다고 생각했다. 건강검진에 큰 이상이 없는데도 위염에 장염에 툭하면 온갖 전염성 질환을 달고 사는 것이 이상한 것 같았다.

동네 병원에 갔다. 의사 선생님께서 말씀하셨다. "우리 뇌는 오케스트라와 같아요. 아무리 모두 기능을 잘해도 바이올린 하나가 삐거덕대면 조화가 이루어지지 않는 거죠. 오케스트라가 조화를 이루는 게 엄청 힘들 듯 뇌도 마찬가지예요." 나의 우울증이 마음의 감기 같은 거라고, 누구에게나 찾아올 수 있는 거라고 말씀하시고 싶으셨던 것 같다.

당시 나는 밥 한 끼 먹는 것도 미치도록 싫을 만큼 무기력해졌다. 밥알을 씹는 것이 모래알 씹는 듯해졌다. 아르바이트는 해야 했기에 최고 열량일 것 같은 음료수를 사서 마시는 것으로 연명했다. 그러다 사고가 났다. 학교였다. 모든 게 무너지는 느낌이었고, 지쳤다. 희망 같은 건 없어 보였고, 눈앞에 아무것도 없는 것 같았다.

마치 선글라스를 낀 채 바라보는 밤의 모습 같았다. 어두워서 무엇도 할 수가 없었다. 그전에도 울컥울컥 감정이 치밀어 오르곤 했었다. 하지만 이번엔 이성적 제어가 불가했다. 화장실에 들어가 좀 울고 나면 괜찮아질 줄 알았는데, 더 극단적인 감정으로 치솟았다.

순간이었다. 정말 순간적인 사고였다. 다행히 빠르게 이성을 되찾았다. 그리고 캑캑대며 울기 시작했다. 울다, 울다 지쳤다. 고등학교 3학년 때 많이 의지했던 선생님께 전화를 걸었다. 그러나 이해받지 못할 거라는 두려움이 나를 휘감았다.

나왔다. 아직 날이 서늘했다. 갈 곳이 없었다. 길거리에 숨어 쪼그려 앉아 울었다. 너무 추웠다. 한없이 걸어가다, 학교 건물 중 아무 곳이나 들어갔다. 보이는 소파에 누웠다. 깜깜한 어둠 속 홀로 누워 있으니 조금 안심이 되면서도 한편으로는 불안했다. 친구에게 데리러 와달라고 부탁했다. 친구는 아무런 이유조차 묻지 않고 와주었다.

나의 첫 번째 자살 기도는 그렇게 끝이 났다. 나의 그러한 사고는 세 차례 반복되었다. 목을 맨 이후에도 손목을 긋기도 하고, 손에 쥔 약을 10알 가까이 다 먹어버리기도 했다. 다행인 건 모두 무사했다는 것이다. 죽는 것은 생각보다 어렵더라.

이쯤 되자 너무 힘이 빠졌다. 모든 것을 놓아버리고 싶었다. 나는 늘 열심히 살아왔기에, 적당히 사는 법을 몰랐다. 적절히 쉬는 법도, 놓는 법도 모두 몰랐다. 그러니 놓아야 할 순간에도 놓지 못하고 뛰었다. 그 지경인데도 수업을 나가야 할 것 같았다. 수업을 듣는데, 공황 발작이 오며 극단적인 감정에 사로잡혔다.

긴박한 순간이었다. 또다시 나도 모르게 나에게 무슨 짓을 저지를 수도 있는 순간이었다. 나는 당시 수업을 듣던 홍 교수님께 전화했다. 왜 그분이었는지는 모르겠다. 그냥 문득 홍 교수님 생각이 났고, 이 분이라면 나의 말을 들어주실 것 같았다. 그 선택은 지금까지 했던 선택 중 손에 꼽도록 잘한 선택이 되었다.

홍 교수님은 나에게 하고 싶은 말을 다 해보라고 말씀하셨다. 그 말도 너무나 따뜻하게 느껴졌다. 홍 교수님이 나의 이야기를 모두 들으시고 눈물을 보이셨다. 그리고 내가 학교생활상담센터에 연락해서 상담을 받고, 대학병원들에 전화해서 예약을 잡을 수 있도록 도와주셨다.

밥을 삼키기도 힘들 정도로 무기력하던 시절이었다. '될 대로 되어라' 식의 자포자기 심정이었다. 홍 교수님은 그런 나를 일으켜 무언가를 할 수 있도록 도와주셨다. 신경 써주시고, 나의 연락을 기다려주시고, 나의 말을 들어주셨다.

훗날 알게 되었지만, 교수님은 나에게 어떻게든 도움이 되어주시려고 이것저것 알아보셨다고 한다. 그리고 내가 상담센터에 가지 않는다면 수업 끝나고 나의 손을 잡고 데려가려고 생각하셨다고 한다. 나의 어두움을 모두 보여준 사람은 교수님이 처음이었다. 이 어두움은 나의 짙은 콤플렉스였다. 나는 이것을 가리기 위해 늘 가면을 썼다. 늘 밝게 웃었고 애써 밝은 아이로 살았다.

그러나 나의 어두움을 들켜도 괜찮다는 걸 처음 알게 되었다. 오히려 더 관심 가져주고 도움을 주려 애를 쓴다는 것을 알게 되었다. 내가 나의 어두움을 알리는 게 두려웠던 이유는 그 사람에게 나의 어두움이 묻을 것 같아서였다. 그러면 그 사람이 힘들어질 것 같았다.

그리고 나를 떠날 것만 같았다. 그런데 오히려 반대였다. 나의 어두움이 상대방에게 묻기보다 상대방의 힘이 나에게로 전달되었다. 그리고 나를 떠나기보다 나에게 더 가까이 다가왔다. 생각보다 나의 주위 사람들은 나의 어두움까지 포용할 준비가 되어 있다는 것을 처음 알게 되었다.

학교생활 상담센터에서 상담을 시작했다. 나는 상담 선생님을 너무 잘 만났다. 내 이야기를 듣고 도리어 선생님이 눈물을 흘리셨다. 하지만 상담을 시작할 무렵에도 나는 너무 힘들었다. 그래서 내가 과연 달라질 수 있을까 하는 두려움이 더 컸다. 한 달이 지나도 달라지는 것이 없다면 세상을 등져야 할 것 같았다.

5월 27일. 내가 정한 기일이었다. 일요일이니 엄마가 교회를 갈 것이므로 실패할 것 같지 않았다. 유서도 써놓고 달력에 표시도 했다. 별다른 표시를 할 수 없으니 하트 하나 그려놓았다. 유서는 들킬 것 같아, 홍 교수님께 부탁하려는 생각까지 했다.

〈당시 쓴 유서〉

지친 것 같아

이젠 그만해야 할 거 같아

삶을 이어 가야 한다는 게 고통스러워

희망이 없고 기력도 없어

어떤 의지도 어떤 흥미도 없어

가슴에 응어리가 져 있어

아니 벌레가 기어 다녀

죽일 거야

죽을 거야

이 삶을 끝낼 거야

조만간 죽어야겠어

버틸 만큼 버텼어

여기까지 온 것도 잘한 거잖아

죽을 만큼 버티고 최선을 다 했어

그만할래. 이제는

그동안 엄마와 많은 이야기를 나누었다. 엄마가 고의로 나에게 상처를 준 것은 아니라는 걸 잘 안다. 하지만 그래도 나는 늘 허전했고 고달팠다. 엄마에게 내가 어떤 심정이었는지 어떤 마음으로 살아왔는지 말씀드렸다. 모든 것을 말하고 나니 시원했다. 이토록 쉬운 걸 그동안 왜 못했을까.

엄마가 내 앞에서 무릎까지 꿇고 사과해주었다. 정말 미안하다고 말씀해주셨다. "엄마가 고의로 한 건 아니야." "엄마는 너 없으면 안 되는 거 알잖아. 엄마가 정말 미안해." 그러고 나니, '진짜 내 집'이 생겼다. 지금까지는 내 집에 있어도, 늘 붕 떠 있는 기분이었다. 늘 내 집이 아닌 곳에 떠돌이 손님으로 있는 느낌이었다. 그래서 나는 중학교를 졸업한 이후로 집에 살기를 꺼렸다. 그렇게 떠돌다가 집에 돌아왔다.

그 이후 엄마와 나는 집 정리를 시작했다. 엄마가 정리하자고 할 때마다 너무 무기력하고 화가 났었는데, 내 집이 생겼다는 느낌이 들자 너무 신났다. 낡은 침대도 모두 해체해서 버렸다. 집에 있는 물건 3분의 1 이상을 버리거나 중고로 팔거나 물려주었다.

행복했다.

신혼살림 차린 것처럼, 내 집 마련한 것처럼 설렜다. 그 행복감 때문에 의사 선생님의 보호 병동 입원 권유에도 불구하고 집으로 돌아갔다. 그때는 내가 마음 붙일 공간이 생겼고, 엄마에게 솔직히 말하는 연습을 하고 있으니 내가 괜찮을 줄로만 알았다. 그런데도 나는 아직 많이 아픈 사람이었다.

다 하지 못한
엄마의 이야기

여기까지 나의 입장으로 바라본 나의 이야기이다. 온전히 나의 시선으로 바라본 이야기이다. 엄마가 나를 온전히 이해하지 못했듯, 나도 엄마를 온전히 이해하지 못한다. 어쩌면 당연하다. 가족이지만 명백히 타인이기에, 우리는 서로를 이해하려 노력하지만 그렇다고 그 사람이 될 수는 없다. 그래서 누군가의 마음을 감히 이해했다고 말할 수 없다. 이해하려 노력했을 뿐이다. 그래도 세월이 주는 교훈을 얻고 나면, 치기 어린 지금의 나보다는 엄마를 더 이해할 수 있지 않을까.

나의 이야기에서 엄마는 조금 바보 같고, 조금 어리석어 보인다. 하지만 그것 또한 나를 지키기 위한 선택이었다. 부모란 그렇다. 자식을 위해서라면 바보가 되어버리기도 한다. 엄마는 나를 키우면서 내가 예쁠 틈이 없었다고 한다. 나에 대해 느끼는 건 엄청난 책임감뿐이었고, 엄청난 중압감뿐이었다고 한다. 그래서 사랑한다는 마음을 느낄 새 없이 나에게 헌신했다.

늘 엄마의 삶은 두 번째라고 생각하셨다. 늘 중압감에 눌려 키웠는데, 내가 마음의 병을 얻은 것을 보니 모두 당신의 탓인 것 같아 죄책감에 시달렸다고 한다. 엄마가 세상을 살아가는 것은 아주 조금의, 괜찮다는 믿음이다. 아주 조금의 믿음으로 엄마는 수십 년을 버텨내셨다.

엄마는 나와의 관계를 채무 관계처럼 느끼셨다. 나쁜 환경을 물려준 것이 미안해서 늘 나에게 뭔가 빚진 느낌이셨다고 한다. 그래서 엄마의 생각을 모두 배제하고 내가 이끄는 대로 하게 되셨다고 한다. 엄마는 엄마대로 그런 사정이 있고, 나는 나대로 이런 사정이 있는 거다. 엄마가 했던 선택들이 모두 옳았다고 생각하지는 않는다. 그러나 몇몇 선택들은 지금은 바보같아 보여도 그때는 최선이었다.

엄마에게는 평범한 삶을 갖는 것이 매우 어려운 일이었다. 평범한 삶조차 어려운 인생도 있다. 어쩌면 평범하다는 것은 정말 쉬운 이야기 같다. 하지만 누군가에게 평범은 다가가기조차 어려운 단어이기도 하다. 그래서 우리는 누군가의 인생에 대해 함부로 평가할 수 없다. 그건 오만이다. 순탄한 인생도 있지만, 어쩔 수 없는 인생도 있다.

그래서 나는 나의 인생이 험난했던 것을 엄마 탓으로 여기고 싶지 않다. 게다가 이 험난했던 삶이 나쁘기만 했던 것도 아니다. 나는 한 번도 아버지 없는 삶을 부끄러워한 적이 없었다. 오히려 그 어떤 집보다 엄마와 친구처럼 지낸다는 사실이 자랑스러웠다. 나는 한 번도 가난을 부끄러워한 적이 없었다. 오히려 가난을 이겨내는 나 자신이 자랑스러웠다.

어린 나이에 험난한 인생을 살면서도 버틸 수 있었던 건, 나를 믿어주는 엄마가 있었기 때문일 것이다. 어려운 환경을 스스로 헤쳐 나가도록 지켜봐주셨고, 옆에서 응원해주셨다. 그랬기 때문에 나는 나 자신에게 자부심도 있다. 이 어려운 환경을 헤쳐 나와 이 세상에 버티고 서 있다는 자부심이다.

우리가
나약한 게 아니에요

마음의 병을 고백하면 흔히 듣는 이야기들이 있다. 남들은 툭 던지는 이야기이지만, 우리는 엄청난 자괴감에 빠진다. 그 자괴감은 우리를 잡아먹는다. 또다시 우울의 늪으로 빠진다. 나올 수 있을지 알 수 없는 그 깊은 늪으로 빠져 버린다. 마음의 병을 누군가에게 고백한다는 것은 엄청난 용기가 필요한 일이다. 따라서 누군가 당신에게 마음의 병을 고백했다면, 당신을 엄청나게 믿고 있다는 것이다. 당신을 믿고 있는 소중한 사람에게 조금 조심해주신다면 감사하겠다.

"왜, 이유가 있을 거 아니야?"

마음의 병을 고백했을 때 가장 많이 들은 말이다. 이유. 사실 나는 아픔의 근본적인 이유를 찾는 것이 마음의 병을 극복하는 데에 큰 열쇠라고 생각한다. 그러나 마음의 병을 심하게 앓고 있을 때는 아무것도 보이지 않는다. 그때에는 우울함에 이유 같은 건 없다. 그래서 누군가 나에게 우울의 이유를 묻는다면, 말문이 턱 막혀버린다. 덩달아 숨도 턱 막힌다. 그 이유가 정당하지 못하면 나는 우울할 자격조차 없는 것처럼 느껴진다.

지금 아무것도 보이지 않는다면 억지로 우울의 이유를 짜내지 않으셔도 괜찮다고 생각한다. 아파해도 괜찮다. 잠시 쉬는 시간을 가져주셨으면 좋겠다. 잠시 많은 것을 내려놓고 쉬셨으면 좋겠다. 그러다 문득, 내가 왜 이렇게 아파하고 있는지 궁금해진다면, 그때 생각하셔도 괜찮다. 물론 나의 생각일 뿐 정답은 아니다. 다만, 아파하셔도 괜찮다는 말을 하고 싶다. 다시 말하지만, 아픔에 자격이란 없다.

"누구나 힘들어."

맞다. 누구에게나 삶은 힘들다. 그래서 이 말을 들으면 나만 유독 유난인 것 같다. 병원에 가려다가도, 상담을 받으려다가도, 도움을 요청하는 손을 내밀려다가도 멈추게 된다. 그냥 내가 나약한 거구나, 내 정신력이 이렇구나, 생각하게 된다.

'우울증'과 '우울감'은 다르다. 누구에게나 삶은 처음이어서 힘들고 서툴지만, 그래도 소소한 행복으로 살아가곤 한다. 그래서 화가 잔뜩 나다가도 맛있는 것을 먹으면 누그러지고, 자괴감에 빠지다가도 소중한 사람의 미소를 보면 다시 웃는다. 그렇게 살아가는 것 같다. 그러나 아픈 사람은 우울감에서 빠져 나와 다시 일상을 시작할 힘이 없다. 우울이 나를 잠식해 일상생활을 갉아먹기 시작한다.

그러니 누구나 힘든 삶 속에서 나만 유난이라고 자책하지 않으셨으면 좋겠다. 유난인 것이 아니라 아픈 것이니까. 몸이 아플 땐 환자를 탓하지 않는데, 마음이 아플 땐 환자를 탓하곤 한다. 그저 아픈 것이다. 다른 해석 없이 받아들여주었으면 좋겠다.

"쟤, 조심해야 해."

어쩌면 우울증 환자에 대한 배려로 시작된 말일 수도 있을 것 같다. 말을 조심해서 해달라는 부탁일 수도 있을 것 같다. 하지만 말은 누구에게나 조심해서 해야 한다. 이런 말을 하게 되는 건, 우리 사회가 우울증 환자가 더 나약하다는 편견을 갖고 있어서 그런 것이 아닐까?

우울증을 앓고 있는 사람은 남들보다 세상을 더 정확하게 보고 있다는 말을 들은 적이 있다. 어쩌면 우리는 남들보다 삶을 더 정확하게 직시하고 있어서 아픈지도 모르겠다. 어쩌면 우리는 남들보다 삶에 대해 더 치열하게 고민하는 사람들인지도 모르겠다. 그러니 자책하지 않아 주셨으면 좋겠다. 그저 잠시 고장 났다고 생각해주셨으면 좋겠다. 암처럼 치사율이 높은 병이지만, 감기처럼 흔한 병이니까 말이다.

"너의 어리석은 행위를 기억해."

이 말은 정말 상처가 되었다. 우리도 죽음이 해결책이 되지 않는다는 것을 잘 알고 있다. 죽으면 주위 사람들이 고통 받을 것도 잘 알고 있다. 그러나 극단적인 감정에 휩쓸리면 그 어떤 생각도 할 겨를이 없다. 아무 생각도 나지 않는다.

　따라서 자살 기도를 했던 사람들에게 그 행위를 어리석다고 말하는 것은 정말 어리석은 행위이다. 나의 경우, 그 어떤 이성적인 설득도 귀에 들어오지 않았다. 이미 알고 있던 내용이기 때문이다. 이성적인 설득보다는 "사랑한다", "내게는 네가 소중하다" 등의 감성적인 설득이 와 닿았다. 당연히 나도 아픔을 겪는 이들이 절대 극단적 선택을 하지 않아주셨으면 좋겠다. 당신이 얼마나 무기력할지 느껴지기 때문에, 이 책을 읽어준다는 사실만으로도 감사하고 존경스럽다.

공황장애가
어떠냐면요

　공황장애는 영어로 'panic disorder'라고 한다. 'disease(병)'가 아닌 'disorder(장애)'이다. 누구나 위험한 상황에 부닥치면 공황발작을 일으키기 마련이다. 공황장애란 두려움을 느낄 필요가 없음에도 불구하고 공황발작을 일으키는 것이다. 뇌에서 비상 신호를 아무 때나 보내는 것이다. 공황장애가 있으면 어떤지에 대한 질문을 많이 받는다. 나는 내가 공황장애가 있다는 것도 모른 채 고통 받았다. 나중에 내가 공황장애를 갖고 있다는 걸 안 뒤 생각을 해보았다. 생각해보니 나는 공황장애로 일상생활에 지장을 받기도 했었다.

중학교 시절, 나는 자주 숨이 찼다. 뛰어서 숨이 찬 게 아니라 가만히 서 있는데도 숨이 차곤 했다. 그때는 공황장애라는 장애가 잘 알려지지 않았기 때문에 이유도 모른 채 살았다. 심지어 새아버지는 "배에 기름이 차서 그래"라고 하셨다.

어느 날부터 넓은 곳에 가면 숨이 가빠오고 심장이 빠르게 뛰었다. 주로 대형 상점이나 대형 교회 등의 장소에서 그러했다. 목이 뻣뻣하게 굳고 손도 덜덜 떨렸다. 무엇보다 무서웠다. 눈을 동그랗게 뜬 채 사람들을 바라보았다. 얼굴이 창백해지거나 식은땀이 줄줄 흐르고, 후끈해지는 느낌도 들었다.

먹은 것도 없는데 체한 기분이 들거나, 배가 아프기도 하였다. 심한 경우 설사를 하기도 했다. 꿈을 꾸는 기분이었다. 환각 상태에 빠지면 이런 느낌일까 싶을 만큼 이상했다. 사실 어느 날부터 이랬다기보다, 이전부터 조금씩 그래왔던 것 같다. 엄마와 쇼핑하러 다니면 너무 힘들었다. 체력적으로 힘이 든 것도 아닌데, 숨이 가쁘고 얼굴이 창백해졌다.

언젠가부터 지나가는 사람들이 무서웠다. 범죄 등에 대한 공포가 아니었다. 지나가다 치일 것 같은 느낌이었다. 치이면 죽을 것 같았다. 내 뒤에 누군가 있으면 그냥 불안했다. 이유는 없었다. 차들이 쌩쌩 지나가는 길 한복판에 놓여 있는 기분이었다. 미칠 것 같았다. 그럴 때면 나는 내가 무슨 짓이라도 저지를 것 같았다.

예를 들면, 나도 모르게 나를 해한다든지, 옷이라도 벗는 짓을 한다든지 할 것 같았다. 두려웠다. 영혼이 나갈 것 같기도 하고, 신체가 분리될 것 같기도 했다. 너무 비현실적이었다. 어떻게 할 방법이 없었다. 멍하니 사람들을 바라보며 두려워하는 것밖에는 할 수가 없었다.

보호 병동에 입원하게 된 것도 공황장애 때문이었다. 교회만 가면 공황이 심해지곤 했다. 하루는 공황 발작 때문에 나와서 자낙스 정 한 알을 먹었다. 자낙스 정은 먹고 나면 10분 내로 공황 발작을 가라앉힌다고 한다. 그런데 큰 교회이다 보니 사람을 잠시 피해 있을 곳이 없었다. 두려웠다. 벽에 기대어 있다 보니 어른들이 와서 한마디씩 하고 가셨다.

"물을 먹으려면 중간에 나오지 말고 미리 떠 놓아라"는 식의 말들이었다. 사람들을 피해 다니며 공황 발작이 가라앉기를 기다리다 보니 울컥 눈물이 났다. 계단에 주저앉아 울었다. 그 순간 너무 극단적인 감정으로 치달았다. 그렇게 나는 손에 쥐고 있던 자낙스 정을 모두 다 입에 털어 넣었다.

몽롱했다.
비틀거리기도 했다.
그렇게 잠이 들었다.
이날 이후 입원을 하는 게 옳다고 생각하게 되었다.

part
2

손가락이라도
움직여 보자

희망이 생겼다

처음에는 개인 병원에 갔다. 처음 병원에 갔을 때, 의사 선생님은 나의 편견을 깨려고 노력해주셨다.

"우리 뇌는 오케스트라와 같아요. 모두 다 잘한다고 해도 바이올린 하나 삐끗하면 조화가 이루어지지 않죠. 오케스트라가 조화를 이루는 건 정말 어려운 일이에요. 우리 뇌도 마찬가지예요. 뇌의 모든 부분이 조화를 이루는 건 어려운 일이죠."

대학병원으로 옮기게 되었을 때도 의사 선생님은 친절하게 내 이야기를 들어주셨다. 내가 다니는 대학병원은 나의 상태,

나의 배경, 나의 상황 등 모든 것을 참고하여 치료했다. 물론, 나의 이야기는 철저히 비밀이다. 여기까지는 그냥 감기에 걸렸을 때 병원에 가는 거랑 크게 다를 바 없었다. 외래 진료이기 때문이다. 다른 점은 초진이 오래 걸리고 병원에 정기적으로 다녀야 한다는 것이었다. 그러나 입원 치료는 크게 다르게 느껴졌다.

외래 진료가 나에게 가장 도움이 되었던 점은, 약이다. 나의 경험상, 우울증은 내가 어찌할 수 없는 무기력증과 불면, 식욕 저하, 자살 충동 등에 시달리게 한다. 하지만 약으로 조절해주는 것이 도움이 많이 되었다. 다만, 약을 먹고 한 달 정도는 약효는커녕 오히려 더 깊은 늪에 빠져들었다.

그러나 한 달 정도 후부터는 기력이 생기기 시작했다. 무기력증도 엄청나게 무서운 증상이다. 그것이 치료되고 나자, 무언가 해보고 싶은 것이 생기고, 해보고 싶은 것이 생기자, 꿈이 다시 생겼다. 꿈이 생기자 삶에 희망이 생겼다.

아무것도
숨기지 않았다

나는 의사 선생님 말씀을 잘 듣는 것이 가장 중요한 자세라고 생각했다. 의사 선생님은 전문가이기 때문이다. 많은 사례를 보셨을 테고, 많은 치료를 해보셨을 것이다. 그래서 나는 의료진을 전적으로 신뢰하기로 했다. 그래서 의료진께 나의 감정 기복, 상태, 상황 등을 숨기지 않았다. 의사 선생님은 술, 초콜릿, 커피, 담배 등을 멀리하라고 하셨다. 또한 햇빛을 자주 보고, 자주 걸으라고 말씀하셨다. 이를 잘 지키자 한결 나아진 것이 느껴질 정도로 좋아졌다.

무엇보다 마음의 병이 몸의 병보다 더 중요할 수도 있다는 태도를 가져야 한다고 생각했다. 우리는 흔히 마음이 아픈 것은 그저 괜찮겠거니 하고 견뎌내는 것 같다. 혼자 끙끙 앓고 심지어 죽음에 이르도록 내버려두는 것 같다. 나도 그랬다. 내가 멘탈이 약한 것 같다며 자책하며 버텼다. 내가 아프다는 생각조차 못 한 채 버텼다. 내가 아프다는 생각이 들었을 때도 선뜻 병원에 가지 못했다. '급한 것 아니니까', '당장 죽는 것 아니니까', '지금 상황에서 사치니까' 그렇게 생각했다.

우울증은 나를 죽일 수도 있는 병이다. 치사율이 높은 병이다. 공황장애도 죽음과 가까운 병이다. 우울증은 마음의 감기라고 불린다. 감기처럼 흔한 병이라는 뜻이다. 누구나 걸릴 수도 있는 병이다. 그러나 암, 어쩌면 그 이상의 치사율을 보이는 무서운 병이라고 생각한다. 마음이 아프다면 응급 환자일 수도 있다. 당장 병원에 가야 한다. 최대한 빠르게 가야 한다.

나는 나를
잘 모르고 있었다

정신과 약을 먹기 시작한 이후 심리 상담을 시작하게 되었다. 사실, 자포자기의 심정으로 모든 것을 놓았었기 때문에 절대 안 가려고 했었다. 그때 홍 교수님이 나에게 학교생활 상담센터가 있다는 것을 가르쳐주셨다. 학교생활 상담센터는 재학생과 휴학생이라면 무료로 상담을 해주었다. 홍 교수님께서 내가 상담소에 꼭 갈 수 있도록 신경 써주셨다. 너무 신경을 써주셔서 도저히 안 갈 수가 없었다.

사실 나는 이전에도 상담센터를 가보았다. 사설 상담센터였다. 도움이 될 것 같다고 느꼈지만, 비싼 가격에 좌절했다. 그 상담센터의 상담사님께서 나의 경제적 부담을 들으시고 '동작구 청소년 상담 복지센터'를 추천해주셨다.

청소년 기본법에서 청소년의 기준은 24세 미만이다. 따라서 나는 청소년 상담 복지센터를 이용할 수 있는 나이였다. '동작구 청소년 상담 복지센터'에서는 회기 당 5천 원으로 위기 상담을 받을 수 있었다. 그러나 바쁘고 무기력해서 상담을 받지 않았다.

나중에 알게 되었지만, 청소년 상담 복지센터와 학교생활 상담센터 이외에 지역 건강가정지원센터도 있다. 지역마다 있는 건강가정지원센터는 양질의 상담을 무료로 해준다. 대신 대기 줄이 매우 긴 것 같았다. 그래도 조금 기다려서 상담을 받아보는 것이 괜찮을 것 같다.

나는 결국 학교생활 상담센터에서 상담을 시작했다. 정말 좋은 선생님을 만났다. 나는 어린 시절의 나를 만날 수만 있다면 꼭 안아주면서 "네 탓 아니야. 어른들의 탓이야. 고생 많았어"라고 위로해주고 싶었다. 그 이야기를 상담사님께 하자, "내가 그걸 해줘도 될까요?"라고 물으셨다.

그리고 꼭 안아주시면서 토닥여주셨다. 과거 이야기를 읊으면서 한 번도 흘리지 않았던 눈물이 쏟아져 나왔다. 그렇게 어린 나는 위로를 받았다. 누군가 안아주었으면 좋겠다는 마음으로 평생을 살아왔다. 늘 허전했다. 늘 애정이 고팠다. 늘 두려웠다. 늘 불안했다. 그렇게 마음의 한 켠에, 위로가 한 방울 떨어졌다.

상담 전후 나는 많은 것이 변했다. 상담 선생님의 말씀에 의하면, 이렇게 단기간에 효과적으로 치료가 되는 경우는 드물다고 한다. 상담을 받은 지 네 달 만에 많은 것이 변했다.

우선, 내가 처음 상담을 받던 날, 상담사님께 했던 말이 있다.

"죽고 싶다는 생각을 안 해본 적이 없어서, 그런 생각이 없는 삶이 무엇인지 모르겠어요."

"가슴 속에 벌레가 있어요. 이 벌레가 제 마음을 갉아먹어요."

그러나 지금 나는 내가 좋아하는 것들을 하며 하루하루 행복하게 눈뜨고 있다. 가끔 나를 갉아먹는 벌레가 돌아오지만 금방 무찌르곤 한다.

가장 큰 변화는 내가 나의 자아를 긍정적으로 바라보기 시작했다는 것이다. 나는 나 자신을 태어나면 안 되는 존재, 존재 자체가 민폐인 존재로 생각하며 살았다. 그러나 상담을 받으면서, 내가 그 자체로 사랑받을 수 있는 존재라는 것을 확인받았다. 예전에는 나를 있는 그대로 사랑해주는 사람이 없을 거라 생각했었다. 그러나 상담이 진행되면서, 이야기를 나누다 보니 내 주위에 나를 있는 그대로 사랑해주는 사람이 많음을 깨달았다.

나의 감정을 표현하는 연습이 시작되었다. 앞서 말했지만 나는 감정을 많이 억압하고 있는 사람이었다. 그래서 상담 중 "지금 기분이 어때요?", "지금 어떤 감정이에요?"라고 질문하시면 곤란했다. 하지만 돌이켜보니 그것은 감정을 표현하는 연습이었다는 생각이 든다. 감정을 표현하고 나면, 나의 감정을 바라보게 된다. 나의 감정을 말하고, 객관적으로 바라보는 시간이 된 것이다.

나를 잘 아는 데에도 큰 도움이 되었다. 나는 나를 잘 모르고 있었다. 아파하면서도 아픈 줄 모르고, 슬퍼하면서도 슬픈 줄 모르고, 우울하면서도 그 우울의 원인조차 몰랐다. 상담을 받으면서, 나의 우울감의 근본 원인을 찾게 되었다. 나의 우울감의 시작을 찬찬히 되짚어보니, 엄마와의 관계가 내 병의 가장 큰 원인이었다.

사람은 세상에서 누구 하나는 반드시 날 있는 그대로 사랑해주고 버리지 않을 거라고 믿을 수 있어야 한다. 그러나 엄마마저 두려웠던 나는 버림받을까 늘 속으로 앓아왔다. 그건 병이 되었다. 그 원인을 찾고 나자, 우울증을 극복하는 데에 큰 도움이 되었다. 가장 큰 열쇠를 찾았기 때문이다.

나를 사랑할 준비,
나를 알아갈 준비

　많은 이들이 심리 상담의 문턱을 높게 느낀다. 앞서 말했듯
가격이 상당할 뿐더러, 내 이야기를 해서 무엇 하나 싶은 생각
때문인 것 같다. 상담을 처음 할 때는 도리어 아프고 힘들다는
사람들을 많이 보았다. 자신의 아픈 이야기들을 하기 때문에,
자신의 아픔이 끄집어내어지기 때문인 것 같다.

　나도 그랬다. 나를 다시 헤집어 놓는 느낌이었다. 그러나 나
의 경우, 정말 좋은 상담자에게 받은 상담이었기에 분명히 효
과가 있었다. 이유는 단순한 것 같았다. 진심 어린 사랑을 주기
때문이다. 상담사 님의 말씀에 의하면 우리 중 대부분은 사랑
이 부족해서 상담을 고민한다고 한다. 우울증, 자살 충동, 과거
의 상처 등등 사유는 많겠지만 그 모든 게 사랑을 받으면 치유
받곤 한다고 말씀하셨다.

　내가 생각하는 상담의 역할은 사랑이다. 자신을 사랑하는
법을 되찾아주고, 사랑해주는 것이다. 그러기 위해 상담자는

내담자가 자신을 정확히 알 수 있도록 하는 조력자의 역할을 한다고 생각한다. 따라서 상담을 받을 때는 그 어떤 준비보다도 나를 사랑할 준비가 필요하다고 생각한다. 또 나를 직접 바라보고 알아갈 준비를 해야 한다고 생각한다.

사실 우리가 누군가와 사랑에 빠지면 그 사람이 매우 궁금하듯이, 우리가 우리 자신을 진정으로 사랑하게 되면 자신을 알려고 노력하게 될 것 같다. 상담은 편안한 마음으로 갔으면 좋겠다. 상담자가 나를 어떻게 생각할지는 중요하지 않다. 있는 그대로 편하게 나와도 된다.

누구의 인생에나 치부는 있기 마련이다. 내게는 이 우울함이 치부였듯이 누군가에게는 자신만의 근본적인 아픔이 치부일 수도 있다. 그래서 생판 모르는 남에게 치부를 드러내는 것이 마땅치 않게 느껴질 수도 있다.

하지만 상담자는 비밀을 유지할 준비가 되어 있고, 그 치부를 무시하지 않을 준비가 되어 있다. 따라서 나는 상담 선생님께 나의 모든 것을 솔직하게 말했다. 구체적일수록, 더 자세할 수록 도움이 많이 되었다. 그뿐만 아니라 그 이야기를 하면서 내가 치유 받기도 했다.

상담자에게 나의 감정도 솔직하게 말하는 게 좋다. 감정을 솔직하게 말하는 것은 내담자인 나에게 너무나 도움이 되었다. 나는 나의 감정에 솔직하지 못했던 사람이다. 상담 시간에 상담사 선생님이 매번 현재의 감정, 상처받았을 당시의 감정을 물으셨다. 나의 감정을 말하면서 감정을 바라보는 연습이 되었다.

내가 했던
걱정들

"가족에게 어떻게 말할까?"

지금은 글로 나의 이야기를 남기고 있지만, 사실 나는 엄마에게도 나의 아픔을 말하지 못했었다. 걱정을 끼칠까 두려웠던 것이다. 나의 아픔이 별거 아닌 일로 치부되어버리면 상처를 받을 것 같아 두렵기도 했다.

도저히 학교에 다닐 수 없다는 판단이 들어 휴학을 하려고 보니, 엄마에게 말하지 않을 수 없었다. 얼굴을 마주하고 이야기할 자신이 없어서 전화로 이야기했다. 그냥 있는 그대로 솔직히 털어놓았다. 나의 감정이 차분해졌을 때, 차분히 이야기했다. 가만히 듣고 있던 엄마는 눈물을 흘리셨다. 울며 미안하다고 하셨다. 나의 아픔을 몰라주어 미안하다고 하셨다.

최근에 나는 온라인으로 아픈 사람들의 이야기를 들어주곤 한다. 그러다 보니 나같이 가족에게 말하지 못해 고민하는 사람이 많다는 사실을 알게 되었다. 그리고 또 하나 더 알게 되었다. 그들도, 용기 내어 가족에게 말했을 때 이해받았다는 것이다. 가족이 아무리 무심해도, 아픔에까지 무심하지는 않았다.

진심은 통한다. 나의 아픔이 별거 아닌 것으로 치부되면 어쩌지 싶었던 고민은 기우였다. 생각보다 주위 사람들은 나의 아픔까지도 감싸 안아줄 준비가 되어 있었다. 내가 나의 진심을 솔직히 말했을 때, 정말 소중한 사람이라면 그 진심을 안아줄 것이다.

"사람들의 시선은 어떻게 감당하지?"

주위 사람들에게 나의 병을 알리고 나서부터 많은 것이 긍정적으로 변했다. 그래서 주위 사람들 중 소중한 사람들에게 마음의 병을 말할 것을 추천한다. 그러나 처음에는 최대한 말하지 않는 것도 추천한다. 우울증은 겪어보지 않으면 이해할 수 없는 병이라고 생각한다. 그 어떤 일도 내가 겪어보지 않으면 이해하지 못한다. 아니, 겪어보았던 일이라 해도 각자의 생각이 다르고 삶의 배경이 다르므로 그 마음을 이해하지 못할 수도 있다.

어쩌면 우리는 같은 일을 겪을 때도, 같은 것을 볼 때도, 같은 이야기를 들을 때도 각자 다 다른 경험을 하는지도 모르겠다. 그래서 완벽하게 이해받기란 불가능하다. 이해하지 못한 사람의 시선은 아프다. 그래서 약해져 있을 때는 병을 최대한 감출 것을 추천한다.

나중에 괜찮아지고 나니, 나의 병을 감출 필요가 없어졌다. 이해받지 못해도 상관없었다. 편견 어린 시선을 받으면, 그런 시선이 안타까웠을 뿐 상처가 되지 않았다. 그래서 오히려 나의 병과 나의 경험을 알려 편견을 깨뜨리고, 괜찮다는 메시지를 전달하고 싶어졌다. 그러니 지금은 자신의 아픔에 집중하시면 좋겠다. 나의 아픔을 보듬어주다 보면 사람들의 시선이 두렵지 않아지는 때가 온다.

"나의 병이 낙인으로 남으면 어쩌지?"

내가 크게 걱정했던 것 중에 하나였다. 사람들에게 어두운 사람으로 낙인찍힐까 두려웠다. 우울증은 나의 일부일 뿐인데, 나의 정체성이 '우울증'이 되어버릴까 두려웠다. 그래서 늘 함께 장난치던 사이가 서먹해질까 두려웠다. 실제로 그렇기도 했다. 나의 병을 알게 된 이후 장난치던 사이가 서먹해지기도 하였다. 조심해주느라 예전처럼 장난치지 않는 듯했다.

나는 솔직하게 말했다. 늘 장난치곤 하던 시간이 행복했다고, 나의 병이 나의 정체성이 되지는 않았으면 좋겠다고 말이다. 너무 솔직하게 말해, 처음엔 더 서먹해지는 듯했지만, 금세 예전의 장난치던 사이로 돌아왔다.

"이 수렁에서 빠져나올 수는 있는 걸까?"

사실 이 우울증의 수렁에서 나올 수 있을 거란 확신도 없었
다. 상담을 받고, 병원에 다닌다 한들 무엇이 달라질 수 있을까
싶었다. 지푸라기라도 잡는 심정으로 상담을 받는 것도, 약을
먹는 것도 성실히 했다.

지금은 수렁에서 빠져나왔다는 생각이 든다. 늘 죽고 싶었
던 마음이 사라졌고, 평온하게 하루를 보낸다. 늘 기쁠 수는 없
겠지만, 늘 행복할 수는 있다. 나처럼 한다고 모두가 빠져나올
수 있다고 장담하지는 못한다. 하지만 나 같은 사람도 빠져나
왔으니 다른 이들도 할 수 있을 것 같다고 생각한다.

"기록이 남지 않을까?"

마음이 아픈 사람들이 가장 고민하는 것은 정신과 진료의
불이익인 것 같다. 혹여 취업에 불이익이 오지 않을까 하는 것
이다. 처음에 나는 당장 너무 힘들어 불이익은 둘째 치고 살아
야겠다는 생각뿐이었다. 그런데 좀 나아지자, 걱정되었다. 주

위에서는 '카더라'로 불안감을 심어주었다. 엄마가 지인으로부터 어떤 청년이 우울증 병력 때문에 대기업 면접에서 낙방하였다는 이야기를 듣고 오셨다.

내가 진료를 보고 있는 정신과 교수님께 여쭈어보았다. 우선, 정신과 진료 기록은 본인이 아니면 그 어떤 누구도 떼어볼 수 없다. 그것 하나 구하려 해킹을 하지 않는 한 말이다. 심지어 같은 병원의 타과 의사도 알 수 없다고 말씀하셨다. 취직할 때도 내가 먼저 밝히지 않으면, 알 도리가 없다고 한다.

"약에 부작용은 없을까?"

처음에는 약에 대한 부작용도 걱정하지 않았다. 걱정할 틈이 없었다. 항암치료를 부작용 무서워서 안 하는 사람이 어디 있겠는가. 당장 죽을 것 같아서 약의 부작용을 걱정할 새가 없었다. 그러나 이 또한 좀 괜찮아지니 걱정이 되었다. 의사 선생님께서는 정신과 약은 한 번 먹으면 2년 이상 먹는 것이 원칙이라고 하셨다. 이 또한 주위에서 '카더라'로 불안감을 심어주었다. 엄마의 지인께서 정신과 약은 부작용이 심해 빨리 끊어

야 한다고 말씀하신 것이다.

약의 경우 부작용의 여부는 사람마다 모두 다를 것이다. 우
선 나에게는 큰 부작용은 없었다. 의사 선생님 말씀에 의하면
내가 먹는 약의 부작용은 장기적으로 보았을 때, 거의 없는 편
이라고 한다. 다만 초반 적응기에는 부작용이 조금 있을 수 있
다고 한다. 그리고 내가 먹는 약은 의존성이 있는 편이긴 하다
고 하셨다. 하지만 나의 경우 의존성이 심하게 나타날 만큼의
양을 먹고 있지는 않다고 말씀해주셨다.

약을 먹을 때에는 술, 담배, 커피 등을 조심하는 노력을 기
울여야 한다. 무엇보다 괜찮아진 것 같다고 임의로 약을 끊는
것은 매우 위험한 행위이다. 약의 처방은 무조건 의사 선생님
의 몫으로 남겨두어야 한다. 의사 선생님은 약을 줄일 때도 늘
릴 때도 환자의 반응에 따라 신중하게 해주신다.

"정신병자로 보면 어쩌지?"

정신과 진료는 유독 편견이 많다. 그 시선들이 두려워 정신

과의 문을 두드리기가 쉽지 않다. 몸이 아프면 병원에 가듯, 마음이 아파도 병원에 가야 하는 게 당연하다. 정신과에는 괴물이 살고 있지 않다. 의사 선생님도 나에게 편견을 갖지 않으신다. 그저 다른 환자처럼 환자일 뿐이다.

나는 많은 사람의 마음이 완벽히 건강하지는 않다고 생각한다. 누구나 살면서 조금의 우울증은 올 수도 있고, 누구나 유독 뇌의 SOS 기능이 발달해 공황장애가 생길 수도 있을 것 같다. 불안장애 등도 마찬가지일 것 같다.

따라서 병원에 가는 것이 부끄러운 일이 아니었으면 좋겠다. 몸이 아플 때는 걱정을 해주면서 마음이 아플 때는 왜 그런 시선일까. 마음의 병에 대한 인식이 많이 바뀌기를 바란다. 또한, 정신과 진료는 보험 처리조차 안 되는 우리 사회도 바뀌기를 바란다. 국민 건강보험을 제외하면 그 어떤 보험을 들어도 정신과 진료비용이 보험처리 되는 경우가 없다. 나도 실손보험이 있지만, 정신과 진료에는 소용이 없었다. 마음의 병도 병인데 어떤 보험에서도 보장받지 못하는 것은 너무하다고 생각한다.

갇힌 공간에서 만난
사람들

대학병원에서의 첫 진료 날, 의사 선생님께서 입원을 적극
적으로 권유하셨다. 의사 선생님께서 입원 여부는 전적으로 환
자의 선택이라고 하셨다. 그러나 나의 상태가 '대한민국 정신
과 의사라면 누구라도 입원을 권유할 상태'라고 하셨다. 그래
도 나는 입원하지 않았다. 첫 번째로는 경제적 부담이 있었고,
두 번째로는 이겨낼 수 있을 거라는 근거 없는 자신감이었다.

사실 잘 이겨내고 있었다. 상태가 많이 호전되었다. 그러나
공황 발작이 왔을 때, 약을 과다 복용하는 일이 벌어졌다. 외래
진료 때, 의사 선생님께 그 말씀을 드리자, 당장 지금이라도 입
원해야 할 것 같다고 하셨다.

보호 병동에 입원하면서 나는 노트 한 권과 책 여러 권을 가
져갔다. 가져간 노트에 매일 일기를 썼다. 그때 쓴 일기는 아쉬
움이 남는다. 개인 필기구를 가져갈 수 없고, 통신기기가 반입
금지인 곳에서 책을 읽다 보니, 마음에 드는 구절이 있으면 일

일이 손으로 써야 했다. 그래서 저녁이 되면 팔이 너무 아팠다. 기록하고 싶은 것은 많은데, 팔이 너무 아프다 보니 일기를 길게 쓰기 어려웠다. 입원하는 동안 '나'에 대해 많은 생각을 했는데, 그것을 기록하지 못해 너무 아쉽다.

　　보호 병동 속 하루는 일주일과 같다. 이런저런 사건들을 겪고 나면 하루가 끝나 있는 사회와 달리, 이곳은 평온하기 때문이다. 여기 있으면서 가장 많이 한 말은 "시간이 안 가"였다. 하루가 그만큼 길었다. 체감뿐만 아니라 실제 치료에서도 보호 병동 속 일주일은 외래 진료 때의 한 달이라고 한다. 하루 동안 밀착해서 상태를 지켜볼 수 있기 때문이다. 나는 이곳에서 일주일 남짓한 시간을 보냈지만, 의료진들께서는 외래 진료의 한 달만큼을 지켜보았을 것이다.

　　사회에서 지칠 때, 이곳이 가끔 생각날 것 같다.
　　평온한 하루하루가 지나가는 곳.
　　바쁜 사회와 달리 시간이 가지 않는 곳.
　　남녀노소를 불문하고 그저 같은 '환자'로 살아가는 곳.
　　모두가 아이처럼 살아가는 곳.

다시 들어갈 일은 없겠지만, 한 편의 추억으로 기억될 것 같다.

삶과 사람에 지쳤을 때, 잠시 쉬어갔다고 생각한다.

입원 1일 차 일기

이곳은 신기한 곳이다. 샤워도 단독으로 할 수 없고, 스프링 노트와 개인 펜도 소지가 안 되고, 밥도 다 같이 모여서만 먹을 수 있다. 전화와 면회 또한 주치의의 허락이 있어야만 할 수 있다. 나는 전화와 면회 모두 자유였지만, 1일 1회 혹은 아예 불가인 분들도 많았다. 둘 이상이어야만 샤워할 수 있다 보니 세면대에서 머리 감는 분들도 계시는데 나는 힘들 것 같았다.

날씨가 좋다. 하늘이 쾌청하다. 그리도 비가 오더니 태풍이 오기 직전인 듯, 하늘은 엄청나게 아름답다. 달력 속 사진처럼 아름답다. 이곳은 문이 열리지 않는다. 바깥 공기라도 통하면 좋으련만, 창문이 열리지도 않는다. 창틀로 보는 하늘은 한 폭의 그림이다. 닿을 수도 만질 수도 느낄 수도 없는 한 폭의 그림.

푸른 하늘을 바라본다 해도 바깥을 걷고 있었더라면, 분명 땀을 흘리며 투덜대었을 테지만…. 그저 바라보는 하늘은 닿지 않아 슬프다. 옆자리 여자 분이 한마디 하셨다. "창문이 안 열린다는 거, 좀 슬프지 않아요? 공기라도 통하면 좋으련만…."

다양한 사람들이 있다. 이유는 모르겠으나 손발이 강박되어 있는 사람, 혼잣말하는 사람, 112에 신고해달라며 외치는 사람 등…. 내가 통화하는데 옆에 아저씨가 와서 말을 걸었다. 들어보니 이 병원 사람들 신고해달라고, 자신이 아프다고 위급 상황이니 112에 신고해달라고, 외치고 계셨다.

간호사 분께서 말리려고 다가오셨다. 그러자 아저씨는 오지 말라며 거부했다. 어떤 분은 남편이 이유 없이 넣어놓았다고 분에 겨워하셨다. 정신병동을 들락날락한 지 6년이라고 하면서. 사연은 알 수 없다. 그저 가족들이 해체되어버렸다고만 하셨다. 혼잣말을 하시는데, 조금 슬퍼졌다. "○○이, ○○이, ○○, 누구…." "그렇게 다 같이 모여서 떡볶이나 먹으면 정말 좋겠다."

입원 2일 차 일기

　오늘도 하늘은 예쁘다. 어젯밤에 잠들기가 힘들었다. 게다가 새벽에 깨기를 반복했다. 여섯 시이기를 기대했는데, 여전히 짙은 새벽이었다.

　종일 극도로 무기력했다. 격렬히 아무것도 하기 싫었고, 머리도 너무 아팠다. 낮잠도 많이 잤다. 무기력해서 멍하니 있다 보면 스르르 잠이 들곤 했다.

　회진 때 같은 방에 계신 분의 이야기를 들었다. 경찰을 대동해 강제 입원을 당했다고, 억울하다고 하셨다. 팔다리가 묶였고, 주사도 많이 맞았다고 했다. 간식도 안 넣어준다며 서러워 하시기에 내 간식을 나누어 드렸다.

입원 3일 차 일기

어제가 오늘인지 오늘이 내일인지 알 수 없다. 무기력하고
잠이 온다. 책을 보다가도 읽기 싫고, 심리 검사를 하다가도 하
기 싫다. 멍하니 있다 보면 잠이 온다.

입원 4일 차 일기

    닿지 않는 하늘은 오늘도 치열하게 아름답고, 푸르르다. 샤
워하고 나니 잠시 기분이 좋았다. 엄마가 면회를 왔다. 엄마의
상담 문제로 다퉜다. 다투고 나니 화가 많이 나고 눈물도 났다.
심리 검사도 했다. 종합적인 심리 검사였는데, 왜 그리 비싼지
알 거 같았다. 정말 절차가 많고 복잡했다. 근데 나름 재미있었
다.

입원 5일 차 일기

아침에 뜬금없이 한 남자 환우 분이 병실 앞에서 나를 부르셨다. 나가보았더니 함께 게임을 하자고 하는 게 아닌가. 젠가도 하고, 탁구도 쳤다. 탁구를 하니 재미있었다. 그 남자 분께서 나에게 예쁘고 아름답고 매력적(?)이라면서 본인이 나를 좋아하게 될까 봐 그러는 건데 본인은 짝사랑하는 사람이 있다고 말씀하셨다. 재밌는 분이신 것 같았다. 덕분에 탁구도 치고 재미있는 시간이었다.

같은 방 환우 분 중 한 분이 환청 때문에 너무 고생하시는 것 같다. 허공에 대고 혼잣말을 많이 하신다. "돈이 없는데 어떻게 갚아요." "6억 7천을 그 회사에 줄게요." "○○ 엄마 성폭행 안 당하게 해주세요." "XX 회장으로서 지금부터 블랙리스트를 없앱니다." "야이, 깡패···." 내용도 무시무시하다.

입원 6일 차 일기

집중이 안 된다. 약간, 안절부절못하겠다. 새로운 분이 오셨다. 밝은 분이다. 덕분에 분위기가 밝아졌다. 따님이 교통사고로 하늘나라로 먼저 가셨단다. 그런데도 밝으시다. 밝은 정도가 과하셔서 어쩌면 그 때문에 오신 걸 수도 있어 보인다.

"죽고 싶은 생각이나…, 뭐 그런 거 있으세요?"
"아유, 아니요. 이 좋은 세상에서 왜 그런 생각을 해요."

고등학교 때 너무나 믿고 의지했던 김영애 선생님과 통화를 했다. 내게 해주신 말씀이 인상 깊다. "너는 내 교직 생활 15년 중 한 번 있을까 말까 한 학생이야." "너 참 인생이 다이내믹해."

탁구를 가르쳐주셨던 남자분과 대화를 했다. 병명은 조울증이시란다. 퇴원하면 대입 준비를 하고 싶다고 하셨다. 나와 같은 책을 읽고 계시던 분과도 대화를 나누었다. 명문대를 나오셔서 미국에서 석사, 한국에서 박사까지 따고 사업하시는 분인

데, 우울증으로 입원만 세 번째라고 하셨다. 나랑 동갑인 아들
도 있는 분. 나에게 감기 같은 거라며, 자신도 두 번 극복했으
니 나도 극복할 수 있을 거라고 말씀해주셨다.

입원 7일 차 일기

퇴원 날짜가 잡혔다. 의사 선생님께서 의학적으로 보자면, 나는 2주 이상 있을 필요는 없어 보인다고 하셨다. 사실 너무 따분해서 퇴원하고 싶었다. 입원하던 날부터 오늘까지 책을 여섯 권이나 읽었다. 같은 방에 환청 듣는 분은 오늘도 많이 안 좋으시다. 오줌을 지리시거나, 병실에서 막 옷을 갈아입으시거나, 심지어는 생리대를 말아서 모으고 계시기도 했다. 그리고 무서운 혼잣말은 여전하다.

"가족들이 친가 외가 모두 다 죽었어요."
"대피해야 해요."

어떤 사연이 있을지 두려울 만큼 안쓰럽다.

빗소리가 낭만적이다.
아름답다.
빗소리와 함께 좁은 창 틈새로 불어오는 바람은 날 행복하게 한다.

입원 8일차 일기

　글을 쓸 거야. 책을 읽을 거야. 산책도 할 거야. 악기도 배울래. 엄마랑 시간도 많이 보낼 거야.

여기도
하나의 사회

보호 병동의 하루는 평화롭다. 많은 분들이 보호 병동이라 하면, 소리치고 난동이 난무하는 일상을 생각하는 것 같다. 물론 가끔 그러는 분들이 있는 건 사실이다. 그러나 그건 일상이 아니다. 정말 간혹 있다. 주로 약 기운이 떨어지는 시간대에 그런 일들이 벌어진다. 그럴 때를 제외하면 고요하고 평화롭다.

보호 병동의 일상은 이렇다. 아침 여섯 시 이후엔 자유롭게 일어날 수 있다. 그전까지는 취침 시간이므로 나와서 돌아다니지 말아야 한다. 식사는 다 같이 한다. 오전과 오후에 프로그램이 있다. 주로 미술 치료, 음악 치료 등이다. 사회에선 모두 그냥 어른이었겠지만, 여기서는 아이가 된 듯 함께 참여한다. 참여 여부는 자유이지만, 의사 선생님과 치료사 분들은 참여할 것을 권유한다.

가끔 간호 실습 학생들이 프로그램을 구성하기도 한다. 매일 티타임도 있다. 모든 음료를 자유롭게 먹을 수 있지만, 커피

만큼은 하루에 한 잔만 가능하다. 일주일에 한 번 산책 시간이 있다. 허락받은 사람들만 산책에 다녀온다. 자치회도 있다. 환우 분들끼리 회의해서 각자 규칙을 만들고 지킨다. 이곳은 하나의 마을 같기도 하다.

보호 병동의 풍경은 오순도순하다. 사람들끼리 모여 퍼즐을 맞추고, 탁구도 친다. 복도마다, 병실마다 의대 실습 학생들과 간호 실습 학생들이 돌아다니며 환자들에게 말을 건넨다. 환자들이 붙잡고 계속 대화를 하기도 한다. 사람들끼리 모여 무언가를 하는 게 주된 풍경이다. 물론 낮잠을 계속 주무시는 분들도 계신다. 의사 선생님들은 낮잠을 자는 것을 말리는 편이다. 낮잠을 자면 생활 리듬도 깨지고, 우울감도 쉽게 올 수 있기 때문이다.

보호 병동의 구성원들은 이렇다. 환자의 건강 상태를 계속 확인해주시고 약을 먹여주는 간호사 분들이 계신다. 보호 병동에서는 약을 간호사가 직접 먹여준다. 다 큰 사람들이 컵을 들고 서서 약을 받아먹는 모습을 보면 조금 웃기기도 하다. 먹었는지 혀 밑까지 확인한다.

환자의 안전을 지켜주는 보호사 분들도 계신다. 사고가 날 위험이 있다 보니, 보호사님들은 주로 건장한 체격의 분들이다. 그리고 낮엔 간호 실습 학생과 의예과 실습 학생들이 온다. 이분들은 주로 환자들에게 말을 건네신다. 나는 여기에 있으면서 보호사님과 간호 실습 학생, 그리고 의예과 실습 학생들과 친해졌다. 다만 의료진들은 환자에게 자신의 개인 정보를 알려줄 수 없었다. 그래서 너무 아쉽기까지 했다.

보호 병동에 다녀온 것을 알게 된 사람들도 나를 대수롭지 않게 여겨주었다. 물론 걱정해주었지만, 외계인처럼 대하지는 않았다. 다만, 외계에 다녀온 지구인처럼 보는 것 같기는 했다. 그저 나는 나였다. 보호 병동 속 환우들도 모두 그저 한 사람일 뿐이다. 나처럼 일상에 돌아다니던 누군가이다. 사회에서 만난다 해도 그저 평범하게 이야기할 것이다. 누군가의 가족, 누군가의 친구일 사람들이다. 여기도 하나의 사회이고, 우리는 조금은 특별한 곳으로 다녀온 사람들이다. 우리를 편견 어린 시선으로 볼 필요는 없다.

나만을
보듬은 시간

짧다면 짧은 인생을 사는 동안 나는 미친 듯이 달려오고 있
었다. 열심히 무언가에 몰두해 있는 순간만큼은 죽음을 꿈꾸지
않았기 때문에 더욱 열심히 달렸던 것 같다. 무엇보다 세상이
너무 빨라 멈추면 안 될 것 같았다.

멈추면 쫓아오던 세상이 나를 잡아먹을 것만 같았다. 우울
증을 겪으면서 서서히 일상생활도 무너져 내려갔다. 그래도 멈
출 수가 없었다. 멈추는 법을 몰랐다. 늘 무언가를 했기에 쉬는
법도, 여유를 가지는 법도 몰랐다. 그러다 정말 큰 사고가 날
뻔한 뒤, 그제야 넘어지듯 멈추었다.

우울증이 심해지자 정말 아무것도 보이지 않았다. 다른 생
각을 할 여지가 없어졌다. 그리고 극도로 무기력해졌다. 내가
좋아했던 일들도, 내가 좋아했던 음식들도 모두 쳐다볼 여력조
차 없었다. 우울을 극복해보고 싶다는 희망보다는 이러다 언젠
가 내가 나를 죽이지 않을까 싶었다. 모든 것을 자포자기하게

되었다. 그 깊은 우울에서 빠져나오고 싶은 생각조차 없었다. 이유 없는 눈물과 죽고 싶은 마음은 일상이었기에 바꾸고 싶다는 생각도 없었다. 그랬던 내가 잠시 모든 것을 멈추자, 이걸 극복하고 싶다는 생각이 들었다.

우울증이란 치사율이 높은 병이다. 정말 위험한 병이다. 암과 같은 무서운 병에 걸렸을 때, 일이나 학업을 이어가지 않듯이, 우울증에 걸렸을 때도 될 수 있으면 모든 것을 잠시 멈추어야 한다고 생각한다. 잠시 나만의 시간을 가져야 한다고 생각한다. 어차피 우울증을 안고 살아가는 삶은 효율이 없다. 마음의 병은 인생의 효율을 뚝뚝 떨어뜨린다. 잠시 모든 것을 최대한 멈추고 잠시만 숨을 고르면, 다시 앞으로 나갈 힘이 생긴다. 삶은 100m 달리기가 아니라, 42.195km 마라톤이다. 잠시 물이라도 마실 시간이 필요하다.

멈출 줄 아는 것도 용기이다. 뒤로 물러서는 것도 용기이다. 때로는 포기하는 것마저 용기일 수 있다. 적당한 때에 물러서고 포기하고 쉬어가는 것이 나의 삶을 위한 것이다. 우리는 무작정 열심히만 강요하는 사회에서 살아왔다. '포기란 배추를

셀 때 쓰는 것'이라는 말을 듣고 자라왔다. 그래서 우리는 잘 멈추는 법을 모른다. 누군가 가르쳐주었으면 좋겠다. 적당한 때에 잘 멈추는 법을 말이다.

나의 발자국
돌아보기

잠시 멈추고 푹 쉬었다. 정말 나를 위한 시간을 보냈다. 그러자, 극복하고 싶다는 생각이 들었다. 그때, 처음으로 내가 왜 아프게 되었는지를 자문하게 되었다. 내 삶의 발자취를 직시했다. 내가 외면하고 싶었던 이야기들까지 바라보았다. 그리고 그때의 나를 위로했다. 아픈 줄도 모르고 자책했던 나를 토닥였다.

상담 선생님이 이런 말씀을 해주셨다. 모든 아이는 정상으로 태어난다고. 사랑받기 위해 태어난다고. 그러나 한 번 상처를 받고 나면 그 상처에 얽매이기도 한다고. 또다시 상처받지 않기 위해 움츠러드는 것이다.

마치 뜨거운 컵에 손을 데이고 나면 다시 만지지 않는 것처럼 말이다. 그리고 그 과거에 비추어서 미래를 예상한다. 우리의 미래는 알 수 없지만 우리는 과거에 갇혀 미래를 부정적으로 인식한다. 그 상처가 무엇인지 기억을 못 할지라도 그렇다고 한다. 그래서 나의 상처를 되돌아보는 것은 중요한 과정이다. 상처를 되짚어보면서 '어린 나'를 토닥여주는 시간을 가져야 할 것이다. 나를 통찰하는 과정은 꼭 필요하다.

나의 존재 가치
인정하기

나의 발자국을 돌아보았을 때, 내가 아프게 된 이유를 나름대로 찾아냈다. 그중 하나는 내가 나의 존재 가치를 인정하지 않았다는 것이다. 그래서 내 존재 가치를 인정받기 위해 치열하게 노력하는 삶을 살아왔다. 하지만 내가 틀렸다.

우리는 태어날 때부터 사랑받아 마땅한 존재이다.
우리는 있는 그대로 가치가 있다.

공부를 잘하지 않아도,

얼굴이 예쁘지 않아도,

착한 일을 하지 않을지라도

우리는 있는 그대로 사랑받아 마땅하다.

그리고 생각보다 우리 주위 사람들은 우리를 있는 그대로 사랑해준다. 나는 내 가치를 인정하기 시작한 이후부터 많이 변했다. 일단 자존감이 많이 올라갔다. 그리고 나를 사랑하기 시작했다.

나의 존재 가치를 인정하는 데에는 특별한 방법이 필요하지도 않다. 나를 토닥여주면 된다. 나에게 좀 너그럽게 해주면 된다. 내가 못하겠다면 주위 사람에게 부탁해도 된다. 엄마가 해주었던 말이 아직도 귀에 맴돈다.

"엄마는 네가 시험을 못 보는 게 두려운 게 아니야. 네가 공부를 못 하는 게 두려운 것도 아니야. 네가 얼마나 노력했는지를 아니까, 네 마음이 다칠까 두려운 거야."

이 말은 나에게 "네가 공부를 잘하지 않아도, 시험을 못 보아도, 너니까 괜찮아"라는 말로 들렸다.

나를 알아가기

우울증을 겪으면서, 동시에 극도의 무기력증을 겪었다. 좋아하는 일을 하는 것, 심지어 먹을 것을 먹는 것조차 극도로 어려웠다. 그래서 약물치료를 병행했다. 나는 약물이 효과를 보기 시작하자 움직일 힘이 났다. 움직일 힘이 나자, 내가 좋아하는 일들을 찾기 시작했다. 나는 책을 좋아하고, 글쓰기를 좋아하고, 산책하는 것을 좋아한다. 나에 대해 다시 찬찬히 생각해보게 되었다. 나를 이해하려 노력하기 시작했다. 내가 좋아하는 일들을 찾고 나자, 아침에 눈을 뜨는 것이 끔찍한 일이 아니었다. 좋아하는 일을 하면서 죽고 싶다는 생각을 잊어갔다.

내가 좋아하는 것들에 대해 알려고 노력하다 보니, 나의 장점도 찾아보기 시작했다. 나는 글을 좀 쓰는 것 같고, 그래도 버티는 능력이 뛰어난 것 같았다. 어른들과 잘 지내는 건 정말 큰 장점이다. 낯을 가리지 않는다. 말을 잘하는 편이고, 노력에 재능이 좀 있는 편이다. 예전엔 자기소개서의 장점조차 누군가에게 물었어야 했다. 그런 내가 나의 장점을 바라보고 있다니 신기했다.

타인과
소통하기

홍 교수님께 도움을 요청했던 것은 나의 오랜 아픔을 떨쳐내는 시작점이 되었다. 자포자기의 심정으로 나를 내려놓다가 뻗은 손이었다. 나는 수업을 듣는 수많은 학생 중 한 명일 뿐이었다. 홍 교수님과 어떠한 친분도 없었다. 오죽 급했으면 교수님께 도움을 요청한 것이다. 그냥 느낌이었다. 저 분이라면 나의 이야기를 들어주실 것 같았다.

생각보다 우리 주위 사람들은 우리를 도와줄 마음이 있다. 그래서 나는 아픔을 주위에 알릴 것을 권한다. 하지만 '누울 자리 보고 다리 뻗는다'라고, 아무에게나 말하지 않을 것도 권한다. 나는 현명한 어른들을 만났고, 그분들께 솔직히 털어놓음으로써 많은 치유를 받았다. 그러나 우울증에 대한 무지로 상처를 주는 사람도 많았다. 그 말들에 상처를 입어 한동안 이해받지 못한다는 슬픔에 잠기기도 했다. 그럴 때 홍 교수님이 해주신 말씀이 있다.

"그 어떤 누구도 너를 완벽히 이해해줄 수 없어. 그 사람은 네가 아니니 네 마음을 절대로 완벽히 이해할 수 없어. 앞으로도 그런 기대는 하지 않는 게 좋아. 다만, 우리는 누군가가 우리를 이해해주려고 노력한다는 점에서 위로를 받는 거야."

"날 이해해주려고 노력해주는 단 한 사람만 있으면 성공한 인생이라고 생각해."

우리는 타인이 될 수 없다. 따라서 우리는 타인을 100% 이해한다는 것은 불가능하다. 다만 진심 어린 공감은 가능하다. 공감해주고, 진심으로 이해하려 노력할 때, 그 모습에 우리는 위로를 받는 것 같다. 모든 스트레스는 사람에게서 받는다. 하지만 동시에 모든 스트레스는 사람으로부터 치유 받는다.

홍 교수님뿐만 아니라 나의 주위에는 많은 사람이 있었다. 우울감에 매몰될 때마다 장난스레 연락하던 고등학교 시절 윤리 선생님, 가끔 나의 이야기를 토로하면 정말 성심성의껏 들어주시던 김영애 선생님, 내 옆에 있어주려 노력했던 친구 해인이와 예린이, 나의 감정에 무조건 공감해주었던 친구 유미, 무심한 나를 정말 아껴주었던 친구 예은이 등등. 모두 나의 이야기를 들어줄 준비가 되어 있었다. 나의 이야기를 한낱 투정쯤으로 여기지 않았다. 나는 이들과 교류하며, 이들의 이야기를 들으며 우울감을 잊어갔다. 주위에 많은 사람이 북적이지 않아도, 이런 사람 몇 명이 있다는 게 축복 같다. 나의 아픔을 웃으며 이야기할 수 있는 날이 왔다. 그렇게 된 데에는 이들의 영향이 컸을 것이다.

소중한 사람과
관계 회복하기

나는 엄마와의 관계가 건강하지 못했다. 엄마와 나의 관계는 뒤바뀌어 있었다. 나는 엄마 역할을 하느라 지쳤고, 엄마는 딸의 역할을 하며 뭐가 이상한지 이해하지 못하고 계셨다. 우리는 건강한 관계 정립이 필요했다. 또 우리는 건강한 분리가 필요했다.

관계 회복의 중점은 대화라고 생각한다. 서로 대화하지 않고서는 관계를 회복할 수 없다. 엄마와 나는 대화를 많이 하는 편이었지만, 내가 일방적으로 엄마의 고민을 들어주는 편이었다. 엄마와 함께 우리의 관계에 대해, 나의 힘들었던 시간에 대해 밤새도록 이야기했다. 그리고 엄마가 몰라서 저지른 실수들에 대하여 진심으로 사과 받았다. 그게 나의 회복에 있어서 가장 큰 열쇠였다. 엄마와 대화를 하고 나자, 우울감이 날아갔다. 이제 진짜 내 편이 생긴 것 같았다. 잃어버린 엄마를 되찾아온 느낌이었다.

대화하기

엄마 친구 중에는 20대에 자살 기도를 했던 분이 계신다. 이를 겪어본 사람과 대화하는 과정은 큰 위로가 되었다. 하루는 그분께 음식 대접을 받았다. 식사가 끝나자 "내가 가꾸는 꽃밭에서 꽃차 한 잔 마시지 않을래?"라고 물으셨다. "소나무 그늘에 있는 벤치에 앉아서 새소리도 듣고, 꽃도 구경하고, 솔바람소리도 들으면 생각보다 기분이 아주 좋아진단다." 지금 아파하고 있는 나를 배려하신 말 같아 선뜻 가기로 했다. 차로 15분쯤 달리니 위쪽에는 소나무들이 총총 심어져 있고, 아래쪽에는 조경수와 원추리, 백합 등 수십 가지 야생화와 약초들이 심어져 있었다. 나비도 날아다니고 새도 노래하니 정말 행복해졌다. 어린 시절, 풀밭을 뛰놀며 시골아이처럼 자랐던 나여서인지 이러한 풍경에 무지 신이 났다. 사진을 신나게 찍고, 도라지꽃과 방풍나무 꽃을 띄워 차를 우려내 마시며 엄마 친구 분의 젊은 시절 이야기를 듣게 되었다.

친구 분께서는 17세부터, 23세가 되는 날을 죽는 날로 정해놓으셨다고 했다. 이유는 크게 세 가지였다. 첫째는 부모님의 병환이었다. 부모님이 병환으로 고통스러워하시는 모습과 그로 인한 각종 냄새 등을 고스란히 지켜보면서 생로병사의 고통을 느끼셨다고 했다. 둘째는 꿈의 부재라고 하셨다. 꿈이 있어야 희망이 있고, 희망이 있어야 사람은 살아간다. 이 분은 꿈이 없었다. 꿈이 없는 사람은 죽은 사람이다. 아직 장래희망을 품지 못한 사람 말고, 내가 소망하는 무언가가 없는 삶은 죽은 삶이다. 셋째는 주위 사람들에게 사랑을 못 느꼈다고 하셨다. 지금 생각해보면 사랑을 못 받은 게 아니라 '못 받는다고 생각'한 것 같다고 하셨다.

'잠깐의 청춘이 저물고 나면 나 또한 저 물골로 이 세상을 떠나가야 하는가.'
'죽음을 서두름이 오히려 덜 추하고 덜 고통스럽지 않을까.'
'나 하나 소리 없이 죽어간들 누구 하나 애석해하지 않을 것 같다.'

온갖 생각을 다 하신 끝에 결국 자살 기도를 하셨다. 하지만 다행히 드신 쥐약을 모두 토했다고 한다. 밤새도록 토하셨다. 그렇게 자살 기도는 실패로 돌아갔다고 한다.

이 분이 우울증을 극복하게 된 계기 중 가장 큰 부분은 종교였다. 종교를 통해 존재적 사랑을 느낀 것이다. 우리가 '무언가를 잘해서, 예뻐서, 착해서'가 아니라 있는 모습 그대로 사랑받을 수 있는 존재임을 확인받으셨던 것이다. 신은 모두를 그 자체로 사랑한다고 믿고 나자, 누군가가 미운 행동을 해도 밉지가 않았다고 하셨다. 사람은 사람끼리 미워할 자격이 없는 것 같다고도 하셨다. 우울증으로 아파하는 나의 모습까지 사랑받고 있다고 말씀하셨다.

뭔가 하려고 버둥거리기만 했던 내가, 어딘지도 모르고 달려 나가기만 하던 내가, 위로받는 느낌이었다. 괜찮다고, 살아만 있으면 그걸로 충분하다고.

친구 분은 23세에 죽으려고 결심했으나 지금 60세가 다 되셨다. 나에게 뻔한 듯 뻔하지 않은 이야기를 해주셨다. 아파하는 시간은 꼭 필요했던 것일 수도 있다고, 아프지 말라는 이야기는 하지 않겠다고 하셨다. 대신, 하고 싶은 일이 많을 테니 너무 길게 우울감에 매몰되어 있지는 말아 달라고 하셨다. 농사를 지을 때도 밑거름을 탄탄하게 주어야 뿌리가 깊게 내린다. 그러고 나서 충분히 탄탄해졌을 때 웃거름을 준다. 신도 내게 밑거름을 탄탄히 주는 거라고, 웃거름은 이제부터 주실 거라고 말씀하셨다. 어떤 종교적 관점을 떠나서도 와 닿는 말이었다.

청춘의 지독한 우울증을 겪어보았던 어른의 말은 나에게 깊게 와 닿았다. 겪어본 이였기에 담담하게 이해해주셨다. 심지어 이런 이야기를 부끄러워하지 않으셨다. 완전히 극복하신 것 같았다. 20대 시절 대인 기피증이 심하셨던 그 분은, 이제 누구든 아낌없이 사랑하는 멋진 어른으로 성장해 계셨다. "못 죽어서 환장했던 사람이 다른 사람을 사랑하는 사람으로, 마음이 부유한 사람으로 변했다"라고 스스로를 평가하셨다.

당신을 아침에 눈 뜨게 하는 것은 꽃밭, 친구, 믿음이었다. 특히 꽃밭은 특별한 의미였다고 한다. "꽃밭은 우주야. 모든 것이 그곳에 있어. 우주가 내 손안에 놓인 느낌이야." 꿈이 생기자 아침에 일어나는 것이 너무나도 행복해졌다고 한다.

대화를 나누면서 큰 위로를 받았다. 나는 있는 그대로 사랑받을 자격이 있다는 것, 살아만 있어도 충분히 훌륭하다는 것, 내가 사랑받는 존재라는 것을 자각할 때, 남들을 사랑하고 용서할 수 있다는 것. 깨닫는 바가 많았다. 지금의 우울함이 나의 밑거름 같았다. 뿌리를 튼튼히 내렸으니, 이제 웃거름만 남았다고 생각한다.

나와 같은 병을 앓았던 누군가와 대화를 한다는 것은 뜻 깊은 일이었다. 우울증을 겪어본 분이셨기에 함부로 이야기하지 않으셨다. 그리고 건강하게 극복하신 사례여서 희망이 느껴졌다.

'살아만 있어라. 내가 존재만으로 사랑받을 수 있다는 이유를 전적으로 믿으면, 누군가를 미워할 수가 없다.' 너무나도 가슴에 맴도는 말이다.

나의 감정 바라보고 객관화하기

사람 말고도 내 우울증 치료에 도움이 된 것은 글쓰기였다. 내 우울증의 뿌리에는 엄마와의 관계가 있었다. 그걸 주위 어른들이 이야기해주시기도 했지만, 글로 내 인생을 객관적으로 돌아보며 내가 스스로 깨닫기도 하였다. 내 인생을 글로 풀어보고 읽어보니, 타인의 관점에서 읽을 수 있게 되었다. '아, 나 정말 수고했구나.' '아, 나 정말 많이 아팠구나.' 그렇게 글은 나의 내면을 객관화시켜주었다. 내가 느끼는 감정을 정확히 이해하고, 이성적으로 판단하는 힘을 길러주었다.

무엇보다 감정 기복이 있을 때 누군가에게 솔직히 나의 감정을 말하는 것이 도움이 되었다. 소중한 사람들에게 극단적인 감정이 들거나 기쁠 때 지금 무슨 감정인지를 말했다. 말하면서 나의 감정이 객관적으로 보이기 시작했다. 그러면 나쁜 감정은 가라앉고 기쁜 감정들은 배가 되었다.

잘 쓰지 않아도 괜찮다. 누구에게 보여주지 않아도 괜찮다. 그냥 나의 감정 쓰레기통이면 된다. 나의 대나무 숲이면 된다. 나의 감정을 글로 풀어보자. 순간순간, 나의 감정을 기록해보자. 그리고 나중에 그 글들을 돌아보면 나를 파악할 수 있다. 그리고 나의 감정을 조금 더 객관적으로 바라볼 수 있다.

나를 다독이기

상담 선생님 말씀에 의하면, 자아는 어린 시절 주위 사람들과의 관계에서 형성된다고 한다. "잘한다, 예쁘다, 사랑한다, 넌 소중하다"라고 해주면, 그게 나의 자아가 되는 것이다. 하지만 내가 어린 시절 들은 말들은 그런 종류가 아니었다. 구박하던 할머니와 버리려던 아버지 사이에서 무슨 좋은 자아가 형성되었겠는가.

상담 선생님은 내게, 나 자신에게 새로운 자아를 만들어주라고 하셨다. 사실 결혼도 할 수 있고, 아이도 낳을 수 있는 나이이니 이제 스스로도 할 수 있다고 말해주셨다. 주위 사람들에게 "넌 소중해" 등의 말을 요구하고, 나 자신도 격려를 해주라고 하셨다. 스스로를 토닥이기 시작했다. "괜찮아… 괜찮아…" 말과 생각의 힘은 대단하다. 그렇게 자신도 없던 내가 나를 소중한 존재로 여기기 시작했다. 공황 발작이 올 때도, 우울의 늪에 빠질 때도 스스로 "그랬구나. 괜찮아"라고 한 마디 해주는 것이 상당히 도움 되었다. 나 자신에게 너그러워지는 방법이기도 한 것 같다.

나는 어린 나이에 어른들의 눈치를 보는 법부터 배웠다. 눈치도 안 보고 철없이 행동하는 건 어린아이만의 특권인데, 그럴 기회가 없었다. 그러다 보니 타인의 표정 변화, 억양 변화 등에 눈치를 보곤 했다. 그리고 사랑하는 사람들의 우울함, 분노 등에 예민하게 반응했다. 그들의 감정을 나에게 끌어와 덩달아 우울해지곤 했다.

지금 다시 생각해본다. 내가 사랑하는 사람들일지라도, 그들은 명백한 타인이다. 그러니 내가 그들을 위로해줄 수는 있지만, 내가 그 감정에 매몰될 필요는 없다. 한 발자국 뒤로 물러나 바라보아도 될 일이었다. 나는 특히 엄마의 감정을 끌어오는 경우가 많았다. 엄마가 슬프고 괴롭더라도, 위로해주는 정도에 그치면 되는 거지 내가 덩달아 우울감에 빠질 이유는 없었다. 그러나 나는 엄마의 이야기를 들으며 곧잘 우울감에 매몰되곤 했다. 내가 해결할 수 있는 일이면 스트레스를 받지 않을 텐데, 엄마의 일이라 내가 어찌할 수도 없으니 더 힘들었다.

딸들은 이런 경우가 많다. 엄마가 딸들을 친구로 여기는 경우가 많다. 그러면 딸들은 본의 아니게 엄마의 감정 쓰레기통으로 전락한다. 그 감정들을 받아내면서 딸들은 아프기 시작하는 경우가 다반사다. 그 감정들을 받아내지 않을 필요가 있다. 정중히 막아설 필요가 있다. 나는 내가 지켜야 하기 때문이다. 그리고 받아내야 할 경우, 적당한 거리를 두고 있는 것이 좋다. 거리를 두지 않으면 그 감정에 내가 매몰되기 쉽다. 그 사람의 감정일 뿐이다. 그 사람의 과업일 뿐이다.

이걸 두고 상담 선생님은 이렇게 예를 들어주셨다. 수능 시험을 볼 때, 엄마는 나를 걱정해주고 응원해주지만, 시험을 대신 처줄 수는 없다. 마찬가지이다. 내가 사랑하는 사람이 감정의 소용돌이에 빠졌을 때, 헤어 나오는 것은 결국 그들의 몫이다. 손 정도는 내밀어줄 수 있겠지만, 내가 굳이 그 소용돌이에 들어갈 이유는 없다. 물론 그건 아직도 나에게 어렵다.

자책하지 않기

나는 단순하지만 동시에 굉장히 소심하다. 내가 사랑하는 사람들이 나의 실수로 조금만 피해를 본 거 같아 보이면 온종일 끙끙 앓는다. 나의 실수가 아닐 때도 죄책감을 느끼곤 한다. 내가 사랑하지 않는 사람에게는 대범하지만, 내가 아끼는 사람들이면 엄청나게 소심해진다. 그렇다 보니 나는 자책하는 버릇이 있다. 심지어 내 탓이 아니어도 죄책감을 만들어 품는다. 몹시 나쁜 버릇이다. 죄책감은 나의 자존감을 갉아먹는다. 내가 실수했거나 잘못했다면 진정으로 사과하고 다시 그러지 않으면 되는 거다. 남의 잘못까지 끌어다가 내가 죄책감을 느끼는 게 아니라.

자책하지 않는 습관은 자존감을 복구하는 데에 많은 도움이 되었다. 자책할 일이 생겨도 다음부터 절대 그러지 말자는 다짐에서 그치기 때문이다. 다음에 똑같은 실수를 하지 않으면 그뿐인 것 같다.

떨어진 칼을
내 가슴에 꽂지 말기

"오래된 상처가 쌓이고 쌓여 자존감이 약화된 사람들은 직접적인 말이나 행동이 아닌 '그럴 것이다'라는 추측만으로도 상처를 입는다."

책 《너는 나에게 상처를 줄 수 없다》에 나온 말이다. 나도 그랬다. 나에게 직접 하는 말이 아니어도, 혼자 상상하며 상처 입곤 했다.

누구나 어디에서든 날 선 말을 들을 수도 있다. 심지어 날 선 말이 아닌데도 상처를 받을 수도 있다. 하지만 그 말을 상상하지 않고 있는 그대로 받아들이면, 내 상처가 되지 않는다. 그것을 내 상처로 받아들이는 것은 떨어진 칼을 주워서 내 가슴에 꽂는 일이다.

상처를 빚을 만한 말들이 나왔을 때 연습을 했다. 그냥 그 말 자체라고, 굳이 해석하려 하지 않아도 된다고 생각했다. 나는 자꾸 혼자 해석하고 혼자 상처를 받고 있었다. 있는 그대로 받아들이면 된다. 혹여 상대방이 상처 주려 작정했더라도 내가 상처받지 않으면 그만이다.

아픈 사람들을
위로해주기

　내가 무기력증에서 조금 벗어났을 무렵, 나는 학교 익명 게시판에 힘들어하는 친구들을 위로하기 시작했다. 죽고 싶다는 말, 힘들다는 말, 우울증으로 고생한다는 말 등에 진심 어린 위로를 담곤 했다. 얼굴 한 번 보지 못한, 이름조차 모르는 학우였지만 진심으로 사랑을 담아서 한 말들이었다. 그러다가 죽을 날을 카운트다운 하고 있던 학우와 쪽지를 주고받게 되었다. 이 학우는 너무 고맙다며 따뜻한 답장을 주었다. 덕분에 나도 위로를 받았다. 우리는 가끔 쪽지를 주고받으며, 서로를 위로했다.

　그 학우가 죽으려 했다던 그 날은 무엇인가의 결과가 발표

되는 날이었다. 나는 달력에도 적어놓으며 그 학우에게 좋은 결과가 나오길 기도했다. 그리고 그 전날 학우에게 답장이 왔다. 좋은 결과가 나왔으며 학교생활 상담센터를 통해 많은 위로를 받아, 이제는 상태가 많이 좋아졌다고 했다. 모르는 학우임에도 불구하고 너무 뛸 듯이 기뻤다. 행복해졌다.

익명 게시판을 통해 학우들을 위로한 것은 나에게도 큰 위로가 되었다. 나의 말이 누군가에게 긍정적인 영향을 미친다면 그걸로 충분히 행복했다. 건강한 아픔의 승화 방법을 찾은 것이다. 나는 그 친구를 진심으로 사랑하고 아낌으로써 나 자신도 치유했다. 그 친구에게 치유를 받기도 했던 것이다.

기적 같았던 일은, 그 친구가 나의 담당 상담사님의 내담자였다는 사실이다. 설마, 혹시나 해서 물어봤는데 맞았다. 한 사람을 위해 나는 상담실 밖에서, 상담사님은 상담실 안에서 그토록 노력했던 것이다. 기적이 아닐 수 없었고, 인연이 아닐 수 없었다.

지금도 학교 익명 커뮤니티나 SNS로 아픈 이들의 말을 들어주고 있다. 그들은 공감해준다는 것만으로도 도움이 되었다며 감사를 표하곤 한다. 내가 무언가 해결해줄 수 없는데도 불구하고 도움이 된다는 것에 감사하다. 그러면서 오히려 나를 돌아보게 된다. 위로의 말을 쓰면서 나를 위로하게 된다. 사람을 위로한다는 것. 참으로 가치 있는 일이다.

내가 가진 것에 감사하기

나는 또래에 비해 화장을 늦게 시작했다. 그만큼 화장에 대한 로망이 있었다. 화장을 시작한 몇 개월 동안 나는, 화장하지 않고 나가면 창피해 고개를 들 수 없는 사람이 되어 있었다. 화장을 하면 장점을 강조하기보다 단점이라고 생각하는 부분을 가리곤 했다. 그래서 화장을 하다 보면 내 얼굴의 흠만 보게 된다. 잡티, 얼굴형, 뭉뚝한 코 등등 모두 다 잘못된 것 같았다. 그래서 그 오류들을 가리기 위해 셰딩을 하고, 컨실러로 열심히 가렸다.

그러다 우울증으로 먹는 것도 힘들었던 시기, 당연히 화장할 힘도 없었다. 하루 이틀 화장을 안 하고 밖에 나가기 시작했다. 처음엔 창피했다. 그러다 점점 내 외모를 있는 그대로 긍정할 수 있게 되었다. 예쁘지 않아도 괜찮다고 생각하게 되었다. 그건 세상의 기준이지 나의 기준이 아니니까.

거울을 보며 내 외모를 부정하던 때가 있었다. 역설적으로, 화장을 놓고 나니 보이기 시작했다. 나는 있는 그대로 아름다웠다. 외모가 나의 가치의 기준이 될 수 없었다. 외모가 흔히 말하는 미인이 아니더라도 나는 나에게 충분히 아름다운 사람이었다. 나의 가치는 내면에 있었다. 나 또한 타인을 볼 때, 내면이 아름다우면 세상의 기준에 맞는 미인이 아니더라도 내 눈에 충분히 아름다워 보였다. 당분간 화장은 하지 않을 것이다. 아니, 어쩌면 평생 하지 않을 것이다. 나는 있는 그대로 충분히 멋진 사람이니까.

그뿐 아니라 나는 내가 최고가 되어야 한다는 강박감이 있었다. 내가 최고가 될 역량이 없다는 것을 잘 알면서도 최고가 되지 않으면 안 될 것 같았다. 그러나 우울증으로 인한 어찌할 수 없는 무기력증을 경험하고 나서, 모든 것을 편하게 내려놓았다. 최고가 되지 않아도, 살아 있는 것만으로도 충분히 오늘 하루 잘 버텨냈다는 생각이 든 것이다.

나의 있는 그대로의 모습을 바라보기 시작하자 마음이 편해졌다. 늘 힘을 가득 주고 살았던 삶이 다시 편해졌다. 고무줄을 쭉 잡아당기다 보면 늘어나다가 끊어져 버리듯이, 툭 끊어진 듯한 기분이었다. 그런데 그 끊어진 때가 도리어 나를 되돌아볼 기회를 주었다.

기분 좋게 책 읽기

우울증으로 무기력하던 시절, 소설을 많이 읽었다. 어려운 책보다는 흥미 위주의 책을 많이 읽었다. 소설 속 주인공들은 잔잔하고 평화로운 삶을 살아가지 않는다. 우리처럼 아프고, 부딪히고, 깨지며 살아간다. 그들은 소중한 것을 상실하고, 소중한 이를 떠나보내고, 불합리한 사회와 싸워내고, 사랑하는 사람과 끊임없이 갈등한다. 하지만 그런데도 또 새로운 하루가 시작되고, 새로운 하루를 살아낸다.

삶이 그런 것 같다. 풍파 없는 삶은 없는 것 같다. 누구나 삶에서 파도를 만나는 것 같다. 파도를 신나게 타고 갈 수도 있고, 파도에 휩쓸려 허우적댈 수도 있다. 그런데도 삶은 계속된다. 우리가 자꾸 넘어지며 파도를 제대로 타는 법을 배우고 나면 신나게 삶을 살아갈 수 있지 않을까. 나는 소설 속에서 또 하나의 삶을 바라본다. 그리고 그 삶을 통해 작은 위로를 얻는다.

part
3

넌 이 세상에
단 하나밖에 없는
소중한 생명체야

나의 사람들

　내게는 늘 의존하는 사람이 있었다. 누구보다 독립적인 사람이라 생각하지만, 늘 누군가에게 정서적으로 의존하려 했다. 의존을 넘어 집착하기도 했다. 그런 사람이 늘 한 명씩 있었다. 없으면 불안했다. 다행히 내게는 고마운 사람들이 있었다. 늘 정서적으로 도와주는 분들이 있었다. 주로 선생님들이었다.

　고등학교 때 만난 김영애 선생님. 정말 사랑이 많은 분이셨다. 나에게 어떻게든 도움을 주려고 노력하시고, 관심을 가져주셨다. 선생님 덕분에 나도 사랑받을 수 있는 존재라는 걸 처음으로 알게 되었다. 나는 늘 누군가를 따랐지만, 그건 짝사랑과도 같았다. 그러나 선생님께는 진정 어린 관심을 받곤 했다. 너무 삶이 무겁고 힘들어서 화가 날 때 선생님과 대화를 나누면 위로가 되었다. 나의 말에 누구보다 귀 기울여주는 분이셨기 때문이다. 선생님과 있는 것이 좋고, 내가 사랑하는 분의 일을 돕고 싶은 마음에 선생님의 작은 일들을 돕곤 했다. 그 시간이 학창 시절 숨 쉴 틈이었다.

그러나 그게 모두 좋았던 것만은 아니다. 선생님께 과하게 의존했기 때문이다. 지금 와서 생각해보니 '엄마'의 역할을 해줄 사람이 필요했던 것 같다. 엄마와의 관계가 건강하지 못했기 때문에 마음속 빈자리를 채우려고 했던 것 같다. 선생님은 선생님이다. 누군가의 가족일 뿐 내 가족은 아니다. 내 가족이 아닌 사람으로 마음속 빈자리를 채우려 노력하다 보니 집착을 하게 되었다. 선생님께 작은 실수를 하거나, 선생님의 기분이 안 좋아 보이면 그것에 과하게 예민해지곤 했다. 혹여 나를 떠나지는 않을까 두려워했다.

그런 나의 인간관계 방식에 문제를 느낀 것은 홍 교수님을 만나고 나서였다. 나는 어김없이 의존할 '나의' 사람을 찾았다.

그분이 홍 교수님이었다. 나는 사람 보는 눈이 있다. 홍 교수님이라면 나의 이야기를 들어주실 것 같았다. 그리고 나의 인연이 되어주실 것 같았다. 역시 그랬다. 나의 이야기를 들어주시고, 나를 도와주시고 신경 써주셨다. 홍 교수님은 나의 치부였던 어두운 면을 가장 처음 본 분이셨다. 나는 교수님과의 관계에서도 집착하려 했고, 허전한 빈자리를 교수님을 통해 메우려 노력했다. 그때 교수님이 말씀하셨다.

"나는 너의 말은 충분히 들어줄 수 있어. 그런데 네가 나에게 백날 말해도 근본적인 허전함은 채울 수 없어. 너의 그 결핍은 엄마에게서 채워야 해. 네가 지금 아픔에서 극복하려면 엄마와의 관계를 회복해야 해."

"네 자존감이 너무 낮은 건 알겠는데, 그렇다고 네 존재가 없어도 되는 건 아니란다. 넌 이 세상에 단 하나밖에 없는 소중한 생명체야. 너와 같은 아이는 너밖에 없어."

나는 사람들에게 집착함으로써 나의 존재를 확인받고 싶어했다. 그리고 엄마와의 결핍을 나름대로 채우려 했다. 그러나 그렇게 매번 좋은 사람을 만나도 근본적인 결핍은 채워지지 않았다. 홍 교수님이 그것을 알려주셨다. 나도 모르고 있었던 나의 모습.

우울증과 공황장애를 극복하려 노력했던 몇 개월이 흐른 지금, 나를 돌아보았다. 그리고 놀랐다. 평생을 그렇게 누군가에게 집착했던 내가 그러지 않고 있었다. 사람과의 관계가 건강해졌다. 홍 교수님을 너무나도 존경하고 따르지만, 집착하지는 않고 있다. 김영애 선생님을 너무나도 사랑하지만 집착하지 않고 있다. 최근에 집착했던 누군가에게 매몰찬 말을 들었다. 그런데도 나는 괜찮았다. 예전 같았으면 수일을 우울함에 매몰되어 있었을 일이다.

나는 인연을 소중히 여긴다. 그러나 예전에는 그것이 집착에 가까웠다. 사람에게 집착하는 것은 나에게 잔인한 일이다. 타인은 타인에 불과하기 때문이다. 타인은 내가 아니므로 언제나 떠나갈 수 있다. 타인이 떠나가도 나를 지킬 수 있어야 한다. 그러려면 나를 사랑할 줄 알아야 한다. 나를 사랑할 줄 알아야, 혼자서도 행복할 수 있다. 혼자서도 행복할 줄 알아야 함께해도 행복할 수 있다.

가면

내가 의지했던 사람들은 모두 하나같이 내게 말했다. 내가 이렇게까지 고통 받고 있을 줄 몰랐다고. 이렇게 자존감이 낮다고 생각조차 못 했다고. 나는 늘 밝은 아이였다. 남들보다 웃음도 많았다. 잘 웃고, 밝고, 명랑했던 내가, 이런 어두움을 갖고 있을 거라고는 다들 몰랐다. 사실 나도 잘 몰랐다. 힘들기는 하지만, 사람들 앞에서는 잘 웃기에 괜찮은 줄로만 알았다. 밤마다 괴로워했지만, 일상에서는 사람들과 잘 지내니 괜찮다고 생각했다.

언젠가 사람들 앞에서 웃는 게 너무 힘들다는 생각을 했다. 억지로 웃다 보니 에너지가 크게 소모된 것이다. 슬픔을 감추고 웃음이라는 가면을 쓰는 것, 쉽고도 어려운 일이다. 그리고 더 문제인 것은, 남뿐만 아니라 나 자신도 속인다는 것이다. 고통스러우면서도, 속이 썩어 들어가면서도 괜찮겠거니 방치하게 된다.

언젠가, 홍 교수님이 내게 그러셨다.

"내 앞에서는 억지로 웃지 않아도 돼. 어두움을 숨기고 웃
느라 얼마나 힘들었겠어."

나는 그간 웃는 건 좋다고 배웠고, 우는 건 나쁘다고 배웠
다. 그래서 억지로 웃었다. 우는 건 밤에 몰래 해야 하는 것이
었다. 남들에게 불편을 주지 않기 위해, 미소라는 가면을 썼다.
그걸 알아주는 누군가가 있어서 뭉클해졌다. 지금도 나는 잘
웃는다. 그러나 나의 감정 표현에 좀 더 솔직한 채 웃는다.

웃는 건 좋은 게 맞다. 하지만 우는 게 나쁜 건 아니다. 슬프
면 울어야 한다. 울음을 삼키는 건 자신을 학대하는 행위이다.
물론 살다 보면, 울고 싶을 때 다 울 수는 없다. 그래도 나 자신
에게만큼은 감정에 솔직해지자. 내가 슬프면 슬픈 거다. 내가
울고 싶으면 울 수도 있는 거다.

엄마와
함께한 시간

　엄마는 나의 가장 소중한 사람이다. 하지만 나는 엄마가 결혼한 후부터 엄마를 잃어버린 듯한 상실감 속에 살았다. 내가 아픈 것을 알게 된 후, 나는 온전히 나만을 위한 시간을 보냈다. 그중에 하나로 엄마와 함께하는 시간을 마련했다. 마치 어린아이가 된 듯, 엄마와 여기저기 다녔다. 그리고 엄마와 많은 대화를 나누었다.

<꽃밭>

　엄마와 가장 먼저 놀러 간 곳은 엄마 친구 분이 가꾸어놓으신 꽃밭이다. 그 분은 꽃밭을 가꾸는 취미를 갖고 계셨다. 그 꽃밭에 엄마와 같이 와서 이야기하는 것을 좋아하신다. 당연히 꽃 몇 송이 있겠거니 하고 갔다. 그런데 꽃이 다양하고 많았다. 신이 나서 사진을 찍었다. 엄마 손에 꽃을 한 아름 따서 놓고 사진을 찍기도 하고, 엄마에게 나를 찍어달라고 부탁도 했다. 새소리를 들으며 꽃들과 함께 있자니 감정 기복 없이 편안

했다. 엄마와 함께 있어서 더더욱 행복했다. 사람이 없는 곳에서 편한 사람들과 솔바람을 맞으며 꽃차를 마시고 있자니 지상낙원 같았다.

엄마는 친아버지를 따라 지방으로 내려오면서 친구들과의 연락을 끊으셨다. 그래서 이곳은 정말 엄마에게는 섬과 같은 곳이었다. 그런 곳에서 엄마의 친구가 되어주신 엄마 친구 분이 너무 고마웠다. 엄마 친구 분은 마치 엄마의 언니처럼, 엄마처럼 챙겨주셨다. 엄마는 늘 언니가 있었으면 좋겠다고 말을 하곤 했었다.

그 분께서 그 역할을 해주시는 것 같았다. 엄마를 조금은 이해할 수 있었다. 타지에서 혼자 얼마나 외로웠을까 싶었다. 나는 여기가 고향이니, 소꿉친구들이 있다. 정말 진짜 친구들이 있다. 그러나 엄마는 여기에 홀로 있었다. 정말 나만 바라보며 얼마나 두렵고 외로웠을지 짐작조차 가지 않았다.

<아쿠아플라넷 63>

성인 두 명이 가서 무슨 재미가 있을까 싶었던 아쿠아리움 여행이었다. 가는 길은 그리 멀지 않아 공황 발작이 오거나 하지는 않았다. 하지만 63시티 안에 들어서자 배가 아프기 시작했다. 공황인 듯했다. 그래도 아쿠아플라넷은 재미있었다. 30분마다 이루어지는 쇼, 여러 해양 생물 등 너무나도 신기한 세상이었다. 다만 이 수족관에 갇혀 우리의 구경거리가 되는 동물들이 불쌍했다. 사람이 많았는데도 공황은 오지 않았다. 배는 좀 아팠지만 참을 만했다. 아이들 위주로 많아서 그런 것 같기도 했다. 아이들이 너무 예뻤다. 신나게 뛰어다니는 아이들을 보며 드라마 〈청춘시대 2〉 속 대사가 생각났다.

"오늘 나는 저들을 위해 기도한다. 비바람 따위 맞지 않기를. 어쩔 할 수 없는 일은 겪지 말기를. 답답하고 지루하더라도 평탄한 삶을 살기를. 그리고 또 나는 기도한다. 어쩔 수 없는 일을 겪었다면, 이겨내기를. 겁나고 무섭더라도 앞으로 나아가기를. 있는 힘을 다해 그날의 내가 바라는 지금의 내가 되기를."

까르르 웃으며 재잘대는 아이들을 보면,
그런 생각을 한다.

조금 재미없더라도
평탄하고 행복한 삶을 살라고.

조금 지루하더라도
비바람 따윈 맞지 말라고

드라마 〈청춘시대 2〉 속 대사처럼
그렇게 아이들을 위해 기도한다.

더해서,
나 같은 삶은 살지 말라고
나처럼 불운한 삶은 살지 말라고
그렇게 기도한다.

엄마는 나보다 더 아이처럼 좋아하셨다. 나는 엄마에게 '감
정에 이기적'이라고 비난했지만, 어쩌면 그것이 엄마의 최선이

었으리라. 내가 이런 곳들을 놀러 다니는 동안 엄마는 나를 키우는 데에 몰두하셨다. 나는 혼자 큰다고 컸지만, 엄마가 없었다면 이렇게 잘 크지 못했을 것이다. 아이처럼 뛰어다니는 엄마를 보며 그런 생각을 했다. 그리고 앞으로 엄마와 주기적으로 이런 시간을 갖기로 다짐했다.

<63빌딩 전망대>

나는 작년에 노량진에 살았다. 노량진에서 재수하며 저 멀리 바라보면, 63빌딩이 보였다. 엄마와 함께, 고생했던 그곳을 바라보니 기분이 이상했다. 심지어 내가 살았던 그 집이 명확히 보였다. 눈물을 흘리며 바라보던 63빌딩이었다. 기차 소음을 견디며 공부하던 나에게 이곳은 멀고도 그림 같았다. 이곳에 서서 저곳을 바라볼 수 있음에 감사했다.

그때는 불안정해 보였고, 미래가 깜깜해 보였지만 어찌어찌 대학에 왔다. 우울증과 공황장애로 고생하던 그때의 나를 잠시나마 위로했다. 우울증인지도 모르고 게으르다고 탓했던 나를, 우울증인지도 모르고 눈물을 흘리며 공부하던 나를, 입맛이 없어 먹던 걸 삼키지 못하고 뱉어버린 나를, 불면증에 시달려 아침 여섯 시에 한숨도 못 자고 공부하러 나가던 나를, 열이 40도로 끓으며 119에 실려 가던 나를…. 쓰러져 119에 또다시 실려 가던 나를, 위로했다.

더하여, 그 고통스러운 시간을 지켜봐준 엄마에게 감사했다. 자녀의 고통스러운 시간을 지켜보는 것만큼 힘든 것도 없을 것이다. 그때 엄마가 나에게 해주었던 말이 기억에 남는다. "엄마는 네가 시험을 못 볼까 봐 두려운 게 아니야. 네가 얼마나 노력했는지 아니까, 그 고통스러운 과정을 아니까 두려운 거야. 네가 노력의 보상을 받지 못하면 너무 아파할까 봐 두려운 거야." 이 말이, 힘들었던 시절에 큰 위로가 되었다. 성과가 아닌 나의 감정에 대한 걱정이었다. 나중에 홍 교수님께 그런 이야기를 했다. 세상 엄마들은 다 똑같다. 누군가의 엄마인 교수님도 우리 엄마와 똑같은 걱정을 하셨다. 아이의 성과가 아닌 아이의 감정을 걱정하고 계셨다. 엄마가 그런 생각을 하고 있다는 것을 자녀가 이해한다면 조금 더 세상 살아갈 용기가 나지 않을까 생각한다.

<심야 책방>

심야 책방으로 가는 길은 험난했다. 동명의 카페가 있었기 때문이다. 지도 어플에 나온 그곳이겠거니 하고 찾아갔다. 한 시간을 넘게 갔다. 그리 멀리 일정을 잡지 않았는데, 라고 생각했다. 기껏 갔더니 아니었다. 결국, 우리는 저녁도 먹지 못한 채 심야 책방 행사가 이루어지는 서점에 갈 수 있었다.

너무나도 마음에 드는 공간이었다. 딱 내 스타일이었다. 다만, 가는 길이 험난해서였는지 배가 아프기 시작했다. 아무래도 공황 증상인 것 같았다. 공황 증상으로 소화가 안 되거나 배가 아프면 약도 없다. 소화제나 진통제는 별다른 도움이 안 되는 것 같다. 그래서 어쩔 수 없이 공황 발작이 올 때 먹는 약을 먹었다.

심야 책방도 처음에는 차질이 있었다. 뉴스팀에서 취재를 오기로 했던 것이다. 그걸 몰랐던 우리는 여덟 시에 시작이라고 해서 그 시간에 맞추어 갔다. 그런데 여덟 시부터 책상 대형을 변경하고, 프로젝트 빔을 켜기 시작했다. 엄마가 힘이 많이 드셨는지 조금 짜증이 난 눈치였다. 취재팀이 오는 것 때문에 책방에서도 분주해져서 빚어진 차질 같았다.

영화 〈그 시절, 우리가 좋아했던 소녀〉를 보았다. 대사 중 기억에 남는 한 마디.

"시험 문제처럼 모든 문제에 답이 있는 건 아니다."

그런 것 같다. 시험에는 답이 있다. 우리는 그 답에 목을 매지만, 사실 우리 인생에는 답이 없는 게 더 많은 것 같다. 그 어떤 결정도 우리에게 교훈을 준다. 또 그 어떤 길에서도 귀한 인연을 만나든 좋은 기회를 만나든 그 어떤 행운은 있는 것 같다. 우리가 그걸 잡느냐 못 잡느냐인 것 같다. 마치 영화 속 주인공들의 인연처럼 말이다.

취재팀까지 가고 나자 여유로운 대화시간이 왔다. 히말라야를 다녀오다 죽을 뻔하신 이야기부터, 책방을 차리신 계기까지 다양한 사람들의 다양한 이야기를 들으니 너무 재미있었다. 인생에는 정답이 없다는 편이 맞는 것 같았다. 다양한 삶이 있고 그들의 삶은 모두 옳으니 말이다. 내가 너무 좋아하는 분위기 있는 공간이기도 했지만, 책방의 주인 분들, 오신 분들 모두 좋았다.

무엇보다 엄마가 그 시간을 좋아했다. 맥주 한잔하며 새로운 사람들과 이야기하는 것을 그리 좋아하실지 몰랐다. 나는 엄마에 대해 얼마나 알고 있었을까? 엄마도 젊은 시절 나처럼 이런 시간을 가졌겠지. 좌충우돌 넘어지고 무너지는 삶을 살았겠지. 그런 생각을 했다.

<독서 모임>

마지막 여정은 독서 모임이었다. 내가 좋아하는 모임이어서 엄마도 같이 가게 된 것이다. 엄마는 정말 오랜만에 책을 읽고 독서 모임에 참여하셨다. 오랜만에 책을 읽고, 또 다양한 직업의 다양한 연령대의 사람들과 소통하니 즐거우신 듯했다. 말도 잘하셨고, 적응도 잘하셨다.

엄마와 이런 모임을 다니는 것은 흔치 않은 일이다. 그래서 사람들이 예쁘게 봐주었다. 심지어 한 분은 모녀가 다니는 것이 특별해 보인다며, 노래를 해주셨다. 우리는 뒤풀이까지 함께 했다. 공황으로 인해 배가 또다시 아팠지만, 그래도 너무 즐거웠다. 사람들의 이야기를 듣고 나누고 그런 것이 모두 좋았다.

<엄마와의 여정을 마치며>

토요일 밤의 고속버스 터미널은 사람이 너무 많았다. 순간 공포와 함께 몸이 뻣뻣하게 굳었다. 표정이 상기되기 시작했고 눈물이 날 것만 같았다. 공황 발작이었다. 엄마도 많이 놀란 눈치였다. "무엇을 해줄까?" 물으시며 진심으로 걱정하셨다. 저녁 약을 먹었다. 저녁에 먹는 약 중 자낙스 정은, 의사 선생님이 공황 발작이 올 때 먹으면 증상을 10분 내로 가라앉혀준다며 처방해주셨던 약이다. 먹고 차에 타서 잠시 시간을 보내니 가라앉았다. 이런 상태로 잘도 돌아 다녔구나, 나 자신이 기특했다.

심야 책방과 독서 모임을 다녀온 엄마는 다시 책을 읽기 시작하셨다. 옛날의 엄마였다. 나만을 바라보던 엄마. 책을 좋아하던 엄마. 책을 읽곤 하던 엄마. 그 엄마였다. 어디론가 떠나버렸던 나의 엄마가 나의 손을 잡고 다시 돌아왔다.

딸은
엄마의 남편이자 친구

사춘기 시절, 나는 엄마의 남편이 되어버렸다. 엄마는 어린 나에게 모든 것을 털어놓았다. 친아버지와의 일부터, 새아버지와의 갈등, 돈 문제 등등…. 처음에는 고마웠다. 정서적으로 버림받을 것 같다는 두려움에 떨고 있었기 때문이다. 나의 존재 가치를 인정받는 기분이었다. '나는 이래서 엄마에게 필요해'를 보여주기 위해 더 열심히 들어드렸고, 조언도 해드렸다. 하지만 고민을 털어놓는 것은 고민을 나누는 행위이다. 그걸 들은 딸은 그만한 마음의 짐을 얻는다. 어린 나에게, 어른의 짐은 무거웠다. 고달팠다.

경제적 사정을 자세히 들은 자녀는, 어떤 꿈이 생겨도 어떤 희망이 생겨도 돈으로 환산한다. 그리고 자신의 발목을 묶는다. '우리 집은 돈 없어.' '어떻게 손을 벌려.' 그렇게 자신을 옭아맨다. 아버지의 과오를 자세히 들은 자녀는 아버지를 존경할 수 없게 된다. 나를 낳아준 엄마를 괴롭게 한 아버지를 평생 원망하며 살아가야 한다.

흔히 딸들은 엄마의 남편이자 친구가 되어버린다. 딸들은 '엄마도 여자다', '엄마도 힘들다'는 굴레에 갇혀 멀리 나아가지 못한다. '착한 딸'로 남곤 한다. 딸은 친구도, 남편도 아니다. 딸에게 엄마는 여자가 아니라 엄마이다. 자녀에게 가정의 사정을 속속들이 말하는 것은 자녀의 발을 묶는 행위이다.

나 자신은
나의 가장 소중한 친구니까

마음의 병을 치료하기 시작한 지도 수개월이 되었다. 이제는 동아리 활동도, 아르바이트도 다시 잘해내고 있다. 물론 사람들과 관계를 맺다 보면, 별일이 다 생긴다. 이유 없이 미움받기도 하고, 이해할 수 없는 일들을 당하기도 한다. 세상은, 또 사람들은 모두 내 마음 같지 않다. 이해할 수 없을 때는 이해하려 노력하지 않는 편이 낫다는 것을 배운다. 이상한 것을 이해하려 노력하면, 내가 이상한 사람이 될 수 있기 때문이다. 어떻게 바라봐도 세상은 아름답지 않다. 그렇지만 동시에 나도 완벽하지 못하다. 완벽하지 못한 사람들이 살아가는 세상이기에 완벽하게 아름다울 수 없는 게 세상이겠지 싶다. 완벽하지 못한 세상에서, 완벽하지 못한 나는 균형을 잡으며 살아가야 한다. 그나마 위안이 되는 건 나만 부족한 게 아니라 모두가 그렇다는 것. 모두가 그러니 서로 이해하며 살아가야 하는지도 모르겠다.

아직도 이따금 마음이 뒤틀리곤 한다. 그러나 이제는 안다. 누구나 몸이 너무 피곤하면 그럴 수도 있다는 것을. 나만 그런 게 아니라는 것을 잘 안다. 그럴 때는 몸을 쉬게 해준다. 나 자신을 다독거려준다. 무엇보다 '사는 낙'을 만들어주려 노력한다. 그동안은 노는 법도 모른 채 달려왔던 나였다. 이제는 새로운 취미가 생겼다. 배지를 수집하기 시작했다. 학교 캐릭터를 변형한 배지들을 수집하며 행복해한다. 별거 아닐지라도 소소한 낙이 되어준다. 어쩌면 나 자신과 가장 잘 놀아주는 것이 행복이지 않을까 싶다. 우울할 때면 동네를 한 바퀴 돈다. 그리고 재미있는 소설을 보곤 한다. 소소한 기분 전환으로 나를 다독이는 연습을 한다. 이렇게 균형을 잡으며 세상을 살아가야 하는가 보다.

part
4

너다운 인생의
색깔을 만들어가렴

복잡한 세상 속으로

공황장애가 있어도 사람들 속에서 뒤섞여 살아가야 한다. 슬프게도 내게는 광장 공포증도 있다. 세상 속으로 걸어 나가기 위해 나는 한 걸음 한 걸음 노력했다. 내가 좋아하는 공간을 여행했다. 나는 서점을 좋아한다. 좋아하는 서점을 여행하기 위해, 나는 어쩔 수 없이 광장으로 나아가야 했다. 이제, 그 여정을 소개하려 한다.

처음 시작한 것은 대중교통을 이용하는 것이었다. 지금까지 대중교통을 이용했지만 고통스러웠다. 매번 고생하면서 이용했다. 어쩔 수 없는 경우를 제외하면 일부러라도 걸어갔고, 먼

거리여도 억지로 걸어갔다. 그래서 첫 발걸음은 대중교통을 이용하지 않을 수 없는 곳으로 정했다. 마포구 서교동에 있는 서점이었다.

서점에 가는 데에는 지하철을 이용해야만 했다. 심지어 사람도 많은 2호선이었다. 하지만 생각보다 큰 무리 없이 해냈다. 귀에 이어폰을 꽂고 세상의 소리를 외면하니 아주 괜찮았다. 그러나 오히려 책방에 들어서자 공황 발작이 왔다. 나는 주로 사람이 많은 공간에서 공황 발작을 겪곤 한다. 그런데, 여기서는 소수의 인원이 작은 공간에 있는데도 발작이 왔다.

그러나 서점 특유의 평화로운 분위기, 아늑함, 책 냄새 덕분에 금방 가라앉았다. 짐만 많지 않았더라면 오래도록 서서 책도 읽고 구경도 하고 싶었다. 오는 동안 햇빛도 많이 보았고, 좋아하는 공간에 있다 보니 마음이 아주 편안했다. 우울증 극복에도 좋다는 생각이 들었다.

다음 목표는 버스를 타는 것이었다. 목적지는 마포구 공덕동에 있는 서점이었다. 버스를 타는 것은 지하철보다도 괜찮은 것 같았다. 또 서점에 가겠다는 일념으로 발걸음을 옮기다 보니 공포감도 덜했다. 안에 들어가서도, 이제 막 영업을 시작해 서툰 모습을 보이셔서 오히려 편안했다. 내가 갔던 서점은 약국 내에 숍인숍 형태로 운영되고 있었다. 마치 나와 같다는 생각이 들었다. 아직 완전히 벗지 못한, 아직 완전히 극복하지 못한… 그런 나의 모습과 닮았다. 하지만 작고 아직 독립하지 못했으나 내실 있었다. 그것도 나의 모습을 보는 듯했다.

다음 목표는 광장 공포증 정면 돌파였다. 크기로 유명한 교보문고 광화문점이 목적지였다. 이어폰으로 귀를 틀어막고 여정은 시작되었다. 나는 이어폰을 꽂고 노래를 크게 틀어 아무것도 들리지 않게 하여 공황 발작을 예방하곤 했다. 주로 그것이 효과가 있었다. 평일 오전이면 사람이 좀 덜할까 싶어, 평일 오전을 택했다.

그러나 역시 광화문점은 광화문점이었다. 평일 오전임에도 불구하고 사람이 많았다. 들어가자마자 긴장이 되었다. 심지어 내가 갔던 그 날은 날 선 누군가의 말에 상처를 받은 날이었다. 공황 발작이 올까 극도로 불안했다. 지하철역에서 내렸는데,

잠시 앉아서 숨 고를 곳이 필요했다. 그러나 앉을 만한 곳을 계속 찾지 못했다. 교보문고에 들어가서도 마찬가지였다. 앉을 만한 곳은 이미 사람이 가득 차 있었다. 두려웠다. 사람들이 무리 지어 지나가자, 고속도로 한가운데에 떨어진 사람처럼 두렵고, 숨이 찼다. 결국, 화장실에 들어가 앉아 있었다. 눈물이 났다. '나는 왜 이럴까.'

하지만 금방 마음을 고쳐먹었다. '괜찮아, 괜찮아.' 손이 덜덜 떨렸다. 조금은 안정이 되었다. 마침 마음에 드는 책 속 문구를 두 개 선정해 내가 원하는 도장을 찍어 소장하는, DIY 문장수집 이벤트가 있었다. 거기서 내가 고른 문구는 이것이다.

'종종 작은 말에 상처받고 괴로워하는 사람들을 본다. 그럴 때 애기해주고 싶다. '그냥 나와 다른가 보지 뭐' 하고 가볍게 넘기라고. 자신을 오해하고 있는 누군가에게 일일이 해명하느라 자신의 소중한 에너지와 시간을 낭비하지 말라고.'

《느리게 어른이 되는 법》 중에서 발췌한 문구이다. 너무 와닿았다. 지금의 나에게 너무나도 필요한 말이었다. 의견이 다르다는 이유로 나를 오해하는 사람에게 해명하느라 나의 에너지를 낭비할 이유가 없었다.

나의 다음 목표는 이어폰을 빼는 것이었다. 너무 부담이 갈까 싶어 한적한 곳으로 골랐다. 경기도에 있는 스터디 카페였다. 한적한 길로 걸어가니 이어폰을 빼고 가도 전혀 힘들지 않았다. 오히려 편안했고, 산책이 되었다.

이어폰을 빼는 것을 한 번 더 연습해보았다. 다음 목적지는 합정역 부근에 있는 북카페였다. 여기로 가면서 두 가지를 깨달았다. 무언가에 집중하면 공황 발작이 덜 온다는 것과 피곤하면 공황 발작이 더 잘 온다는 것이었다. 조용하고 편안한 분위기에도 불구하고 배가 아프고 설사도 했다. 아무래도 공황 증상이 아닐까 싶었다. 그 전날 밤 우울함이 밀려 들어와 두 시간밖에 못 잔 상태였다. 피곤한 상태이기 때문에 더 쉽게 공황 발작이 오는 것이 아닌가 추측했다. 오고 가는 길에 책을 읽었다. 책에 집중하니 이어폰을 꽂지 않았는데도 아주 괜찮았다. 무언가에 집중하면 공황 발작이 덜 오는 것이 아닐까 추측했다.

마지막 목표는 문화 생활을 즐기는 것이었다. 뮤지컬을 보러 가기로 했다. 저녁의 대학로는 나에게 너무 힘든 공간이었다. 하지만 어떻게든 가보았다. 가는 길에 표를 판매하시는 분들이 계속 말을 거니 무서웠다. 그래도 소규모 극장이라 마음은 편했다.

〈오늘 처음 만드는 뮤지컬〉이라는 작품을 관람했다. 말 그대로 오늘 처음 만드는 뮤지컬이었다. 극의 장르부터 주인공 이름, 심지어는 명대사까지 관객들의 대답으로 구성되었다. 중간에 배우가 실수하는 모습, 관객들이 이상한 대답을 하는 모습 등등 어디로 흘러갈지 모르는 구성이라 너무 재미있었다. 관객들이 막 던진 말들을 이용해 발단, 전개, 위기, 절정, 결말로 짜임새 있게 극을 구성하는 것이라 대단했다.

기억에 남는 노래 가사가 있다. "오늘 본 이야기는 다신 못봐. 우리의 인생처럼." 맞는 말이었다. 순간순간은 영원히 돌아오지 않는다. 그래서 이 순간은 너무나 소중하다. 그래서 이 뮤지컬을 보기 위해 고생하며 왔던 순간도, 우울증과 공황장애로 고생하고 있는 이 순간들도, 뮤지컬을 감상하던 그 시간도

너무나 소중했다. 홍 교수님이 하신 말씀이 떠올랐다.

"언젠가 이 일을 웃으며 이야기할 날이 올 거야."

무슨 말인지 알 것 같았다. 입가에 미소가 지어졌다.

독서 모임에도 참가했다. 사람이 북적이는 독서 모임은 나에게 이중적인 공간이다. 매우 고통스럽지만, 매우 행복한 공간이다. 토요일 모임에 갔다. '혼자 그리고 같이'를 지향하는 독서 모임이기에 부담이 없었다. 정해진 책도 없다. 내가 일주일간 읽은 책을 가져가 이야기하면 된다. 대화 주제는 어디로 튈지 모른다. 이야기하다 보면 어떤 주제로 새어나가곤 했다.

회원들이 처음 온 손님에게 친절히 설명해주시기에 부담이 없었다. 책을 좋아하는 사람들이 모여 이야기를 나누니 공황 발작이 오지 않고 오히려 즐거웠다. 여러 번 참여하고 나니 우울감도 날아가고 행복해졌다. 세 시간을 앉아 있는 게 조금 힘든 것 빼고는 무리가 가지 않았다.

여기까지 도전하고 나니 생각보다 별거 아니었다. 그동안 너무 움츠러들었다는 생각이 들었다. 공황 발작이 오더라도, 어딘가 앉아 숨을 고르면 괜찮아진다. 내가 좋아하는 일을 두려워하면 오히려 그게 우울증에 좋지 않다. 그렇게 생각하고 나니, 세상 속으로 나아가는 발걸음이 가벼워졌다. 한 단계 한 단계, 도전하는 동안 행복했다. 공황장애를 극복하려 했던 도전이었지만, 내가 좋아하는 일을 하며 우울증 치료에 큰 도움이 된 것 같았다.

우리끼리
이야기 좀 할까요

나에게

이거 실패해도 상관없어
다른 거 하면 돼

끝을 보지 않아도 돼
아닌 거 같으면 나오면 돼

뛰어가지 않아도 돼
누가 쫓아오지 않아

홀로 비상하지 않아도 돼
여기서 함께 잘 살자

남들 하는 거 똑같이 안 해도 돼
짧은 인생 하고픈 거 하면서 살자

너무 굽실거리지 않아도 돼
누가 짓밟거든 껌이 되어 괴롭혀주자

눈치 보지 마
넌 사랑받을 자격 있는 사람이야.

인생이 한 번도
내 편인 적은 없었지만

인생은 한 번도 내가 계획한 대로 흘러가지 않았다.

예기치 못한 변수가 흘러들었고,

상상치도 못한 일이 일어나기도 했으며,

놀라운 인연을 만나기도 하고,

엄청난 우연을 겪기도 한다.

그 엄청난 확률을 뚫고

내가 계획한 대로 인생이 흘러가기란 쉽지 않다.

그래서 내가 내린 결론은,

지금 이 순간에 최선을 다하자는 것.

최선을 다했다면, 그걸로 되었다는 것.

대단한 사람

할 수 있는 게 많지 않은 아이들에겐
발뒤꿈치를 드는 것조차 자랑거리이다.

우리는 그렇게 자랐다.
발뒤꿈치 한 번 들어도
우와~~ 잘한다~~
소리를 들었다.

언젠가부터 우리는 우리 자신을 탓한다.
왜 이것조차 못하니
왜 할 줄 아는 게 없니

우리는 발뒤꿈치도 들 줄 아는
그런 대단한 사람인데….

이왕이면
행복하자

"내 기분은 내가 정해. 오늘은 '행복'으로 할래."

- 이상한 나라의 앨리스 -

어쩌면 기분이라는 것도
내가 규정함에 따라 달라지는 것일 수도.
이왕이면 웃자.
이왕이면 즐거워하자.
이왕이면 행복하자.

나는 나이다

용기 있다고 말하는 시선과
편견 어린 눈빛이
공존하는 세상에서
나는 살고 있다.

혹자는 나를 어리석다 말했고,
혹자는 나를 멋있다 말했다.

그러나 나는 어떤 사람도 아닌
그저 '나'이다.

저 사람이 좋은 사람이라고 말한다 한들
저 사람이 나쁜 사람이라고 말한다 한들
나의 본질은 달라지지 않는다.

나는 나이다.

나 자신을
용서해주길

살다 보면 내 탓이 아닌 문제들도 많다.
그러나 살다 보면 내 탓이 아닌데
자꾸 내 탓을 하게 되는 일들이 많다.
나 자신을 용서할 줄 알았으면 좋겠다.
어쩔 수 없었다고.
그럴 수밖에 없었다고.
어찌할 수 없었더라면,
그 순간에 최선을 다한 것뿐이라면
나 자신을 용서해주어도 된다고.
이제, 그만. 나 자신을 놓아주라고.

어차피
그럴 일

잘되었을 때는
어차피 잘될 일이었다고,
잘되도록 결정되어 있었다고 생각하는 게 좋다.
삶이라는 커다란 굴레 앞에서
겸손할 수 있기 때문이다.

잘 안 되었을 때는
어차피 내 일이 아니었다고
이미 그렇게 결정되어 있었다고 생각하는 게 좋다.
어차피 지나간 일이라면,
신경 쓰기보다는
이미 운명 지어져 있었다고 생각하는 것이
이롭기 때문이다.

나만 이런 게
아니다

나는 왜 이렇게 소심할까 생각했다.

나는 왜 이렇게 단단하지 못할까 생각했다.

그런데 생각보다, 나 같은 사람은 많다.

잘 긁히는 사람도 많다.

그러니까, 나만 못난 게 아니다

행복

행복이란 건 공기 같아서

도처에 널려 있고
누구에게나 공평하지만
존재의 감사함을 망각하기 쉽고

저 사람이 숨 쉰다고 내가 숨을 못 쉬지 않듯
저 사람이 행복하다고 내가 행복하지 못할 까닭은 없다.

살다 보면

살다 보면 또 감기처럼 이런 날이 올 것이다.

살다 보면 늘 행복할 수만은 없다.

우리에게 필요한 건 늘 행복해야 한다는 강박감이 아니라

불행이 몰려오더라도 다시 일어날 힘이다.

조금 무너지더라도 다시 툭툭 털고 일어날 힘이다.

동굴 밖으로

수없이 길고 긴 동굴이 이어졌다.

끝이 없을 것 같았다.

이 동굴이 괴물이 되어

나를 삼켜버릴 것만 같았다.

그러나,

동굴은 나를 삼키지 못했다.

끝이 있었고,

그 끝은 눈부셨다.

눈이 부시자, 나가기 두려워졌다.

그토록 끝내고 싶던 어두움이었는데,

그토록 지겹게 길던 동굴이었는데,

잠깐의 눈부심 때문에

그곳을 떠나기가 두려웠다.

동굴 밖을 나섰다가 다시 돌아오기 일쑤였다.

하지만 뒤를 돌아 다시 깊은 곳으로 들어가지는 않는다.

언젠가는 나갈 것이기에,

더 깊은 곳으로 웅크리진 않을 것이다.

지금은 아파할 시간

수많은 상처는
어린 날의 추억이 되고

수많은 상흔은
지난날의 훈장이 되겠지만

지금은 너무나도 아린걸
지금은 너무나도 아픈걸

이 수많은 아픔은
나의 발걸음을 막는걸

굳은살이 밸 때까지는
어쩔 수 없는걸

바람에 맞게 흔들리기

우울증을 완전히 극복했다고는 못하겠다.
우울증은 하나의 병인데
어찌 내 마음가짐이 달라졌다고
한순간 떨쳐낼 수 있을까.

그러나 나는
나를 알았고
나를 사랑하기 시작했고
나를 이해했고
나를 용서했다.

이제는 또다시 바람이 불더라도
버티지 않고
그것에 맞게 흔들릴 것이다.

흔들리더라도 내가 약한 건 아니니까.
조금 기울어지더라도 내가 가치 없는 건 아니니까.

걸어갔다

그저 걸었다.

다른 이들이 달려가는 대로, 그곳이 옳은 길이겠거니 하고
걸었다.

다른 이들이 뛰기 시작했다.

나만 뒤처지고 있었다.

나도 뛰었다.

다른 이들이 전력 질주를 시작했다.

내가 또 뒤처졌다.

나도 속도를 높였다.

숨이 턱 끝까지 차오른다.

목에서 피 맛이 느껴진다.

가슴이 턱턱 막힌다.

그래도 뛴다. 다른 이들이 뛰니까.

턱, 돌부리에 걸려 넘어졌다.

뛰는 속도가 빠르면 넘어지는 아픔도 크다.

한참을 일어나지 못한다.

사람들은 저 멀리 사라져간다.

사람들을 따라가지 못하면 큰일이 나는 줄로만 알았는데,

아니었다.

아무 일도 일어나지 않았다.

넘어진 김에 다친 무릎을 치료한다.

잠시 앉아서 숨을 고른다.

물을 마신다.

그리고 내가 달려가던 길을 바라본다.

길다. 아주 먼 길이다.

끝이 보이지 않는다.

저 길을 100m 달리기하듯이 전력 질주했다니 헛웃음이 나왔다.

다시 툭툭 털고 일어난다.

천천히 걷는다.

주위의 나무도 둘러보고, 새들과 인사하고,

산책하는 강아지와 담벼락을 오르는 고양이를 바라보며 빙긋 웃는다.

가난

가난은 마음의 여유를 갉아먹는다. 통장에 적힌 숫자에 따라 숨이 턱턱 막히기도 한다. 가난은 배려하는 마음도 갉아먹는다. 베풀려는 마음조차 우습게 짓밟는다. 가난은 시야를 가리기도 한다. 내가 가고 싶은 곳, 먹고 싶은 것, 하고 싶은 것들을 모두 돈 몇 푼어치로 환산하게 된다. 먹고 사는 걸 걱정한다는 것, 살아갈 곳을 찾아 헤맨다는 것은 그런 것이다. 나의 꿈을 꿀 때도, 소중한 이의 소망을 지켜볼 때도 가난은 그 발목을 잡는다.

어떤 젊은이는 시간을 깎아내 돈을 벌지 않으면 생활할 수 없다. 또 다른 젊은이는 그 시간을 자신을 위해 쓸 수 있다. 누구에게나 공평하다는 시간조차 가난한 이에겐 공평치 못하다.

서울

이향민의 도시.
한없이 차가운 이 도시.
내 몸 한 번 뉘려면
수십 시간의 노동이 필요한 도시.

누군가의 시선에는 화려하더라도
누군가에게는 잿빛의 도시일 뿐

오늘도 치열한 전쟁터
진땀나는 지옥철을 뚫고
꾸역꾸역 도착해
저 사람의 히스테리를 받아주노라면

왜 우리는 삶을 이어나가기 위해
삶을 포기해야만 하는가

마치며.

그저 당신만 생각해주세요

마음의 병이 나에게 나쁜 것만 준 것은 아니다. 마음의 감기를 심하게 앓고 난 후, 나의 마음가짐이 달라졌다.

"죽는 것보다는 낫잖아?"

죽을 뻔 해보고 나니 뭐든 무섭지 않아졌다. 늘 무서운 게 많았었는데, 막상 보니 별것도 아니었다. 갑질하는 사람이 무서웠다면, 지금은 소중한 나에게 함부로 하는 그들이 잘못된 것이라 여기게 되었다. 할 말을 꾹 참곤 했었는데, 이 말을 한다고 죽기야 하겠나 싶어졌다. 그렇게 생각하고 내가 해야 할 말을 하고 사니, 마음이 편했다. 사람에게 밉보이면 어쩌지 싶었던 마음들도 사라졌다. 그들이 나의 있는 모습 그대로를 미워한다면 그건 그냥 그들의 몫이다. 그들이 날 미워한다고 죽기야 하겠나.

"어떻게든 되겠지."

요즘 '대충 살자' 시리즈가 유행이다. 오죽하면 그런 게 유행일까 싶다. 얼마나 온 힘을 다해 살고 있으면 그럴까 싶다. 나는 아르바이트를 하지 않으면 굶어 죽을 것만 같았다. 세상의 속도를 놓치면 큰일 날 것만 같았다. 그런데 안 그러더라. 조금 대충 살아도 큰일이 나는 것은 아니더라. 대충 살자. 어떻게든 되더라. 죽이든 밥이든 되더라.

"그 어떤 것보다 내가 소중하다."

어릴 적부터 늘 배려하라고 배웠다. 감정이든, 물질적으로든 양보하라고 배웠다. 손해 보고 살라고 배웠다. 그래서 늘 양보하고 배려했다. 고맙다는 말에 후하고, 미안하다는 말에 후하면 되돌아올 것 같았다. 아니, 되돌아오진 않더라도 그 마음이라도 알아줄 줄로만 알았다.

아니었다. 고맙다는 말과 미안하다는 말에 후하면, 무시하더라. 돌아보니 나는 무시해도 되는 사람이 되어 있었다. 우울증과 공황장애를 겪으면서 잠시 내가 먼저인 삶을 살아보았다. 그리고 깨달았다. 남에게 피해를 주지 않는 한, 내가 먼저이다. 내 감정이 우선이고, 내 삶이 먼저이다. 이익은 양보할 수 있어도, 감정은 함부로 양보하는 게 아니었다.

아픈 사람들을 보면, 유달리 착한 사람들이 많다. 나쁜 사람들은 남에게 상처 주고도 잘살아가더라. 착한 사람들이 별거아닌 거에 자신을 책망하고, 자신을 괴롭히더라. 조금은 철없고, 조금은 생각 없고, 조금은 이기적이어도 괜찮다. 내가 우선이다. 내가 아프면 내가 먼저이다.

죽지 않고 살아내줘서 고마워

초판 1쇄 발행 · 2019년 2월 6일

지은이 · 민슬비
펴낸이 · 김동하

펴낸곳 · 책들의정원
출판신고 · 2015년 1월 14일 제2016-000120호
주소 · (03955) 서울시 마포구 방울내로9안길 32, 2층(망원동)
문의 · (070) 7853-8600
팩스 · (02) 6020-8601
이메일 · books-garden1@naver.com
블로그 · books-garden1.blog.me

ISBN 979-11-6416-003-7 (03810)